# 모르모트 인간

## 모르모트 인간

# 차례

모르모트 인간

인간은 영영 꼬리를 잃어버린 것인가? 그렇다면 꼬리뼈는 어쩌자고 아직껏 남아 있는 걸까. 인간의 꼬리는 완전히 퇴화한 게 아니라 진화의 한 과정을 거치고 있는 게 아닐까. 혹시 말이다. 인간이 네발짐승처럼 살아야 하는 시대가 닥친다면 인간의 꼬리뼈는 기나긴 퇴화의 늪에서 기지개를 켜고 일어나지 않을까. 인간이 장차 어떤 환경에 놓인대도 그런 돌연변이 유전자가 생성될 리 없다고 누가 장담할 수 있겠는가. 인간의 꽁무니뼈는 바로 그런 날이 오기를 기다리며 영겁의 세월 속에 숨죽이고 있는지도 모른다.

간혹 때를 잘못 알고 태아의 엉덩이에 매달려 나오는 당혹스러운 꼬리 놈들도 있다. 몇 년 전, 꼬리를 달고 태어나 인간 세상에 충격을 던져 준 미국의 한 아이를 기억하는가. 그 아이의 척추 끝에는 4인치 길이의 꼬리가 실실 꼬리 치고 있었다. 일본에서도 한 여자아이가 얄궂은 꼬리를 달고 태어났고, 뭐 드러나지 않았지만 중국이나 러시아, 독일, 영국, 프랑스 같은 나라들에서도 꼬리인간의 출몰 사례가 있지 않았을까 의심이 간다.

그리고 마침내 이 나라에도 괴이쩍은 꼬리가 하나 출몰했다는 사실을 살짝 털어놓아야겠다. 난데없이 날벼락이라도 맞은 것처럼 꼬리 생활자로 살아가게 된 사람이 한 명 나타난 것이다. 영겁을 뚫고 퇴화의 동굴 밖으로 뛰쳐나온 그 꼬리가 자기 주인에게 불행만 안겨 줄 것인지, 뜻밖의 행운을 물어 올 것인지는 나로서도 아직 판단이 서지 않는다. 사실 어찌 보면 그는 꼬리인간으로 거듭났다고 말할 수 있는 사람이다. 꼬리를 갖게 됨으로써 인생 최대의 전환기를 맞게 되었기 때문이다.

미리 밝히자면, 그는 앞에서 말한 사례와 달리 원인 불명의 후천적 요인에 의해 꼬리인간이 되었다.


먼저 문제의 인물에 대해 대충이나마 소개하고 넘어가야겠다. 그래야 얘기가 매끄럽게 진행될 것 같고, 꼬리인간 출현의 충격을 완화하는 데도 도움이 될 테니까. 아직은 그의 정체가 세상에 알려져선 안 되기 때문에, 신상이 드러나는 정보는 되도록 피해 갈 수밖에 없다는 걸 이해해 주기 바란다.

그는 38세의 미혼남이다. 이름은… (아차, 하마터면 이름을 말할 뻔했다). 180센티미터가 조금 넘는 키와 준수한 외모를 행운의 자산으로 여기고, 은근히 과시하기도 하는 사내였다. 어느 자리에 가도 돋보이는 외모 덕에 우량의 유전자를 타고난 운 좋은 놈으로 종종 주위의 부러움을 샀다. "하지만 그것도 30대 중반까지였지." 20대에 서너 번 심각한 연애를 경험했고, 한 번은 결혼까지 약속했다가 사소한 이유로 파탄지경에 이르렀다. 서른 살에 만난 여자와는 결혼을 염두에 두고 진지한 만남을 이어 갔지만, 두 집안의 종교가 달라 양가 부모와 친척들까지 우르르 달려들어 두 사람을 떼어 놓고 말았다. "난 말이지. 굳이 밝히자면 다원주의자에 가까운 사람이야." 창조론보다는 진화론 쪽에 저울추를 기울이고 있다는 그는 아직 신을 섬길 준비가 되어 있지 않은 사람이다. 그럼에도 종교적 배경의 차이를 극복하지 못했다. 이미 관계의 심리적 연장선이 끊겨 버린 상황에서, 아이부터 낳아버리자며 여자를 침대에 자빠뜨렸는데, 여자가 냉정한 태도로 돌변하더니 그의 엉덩이를 걷어차 버렸다. "참 내… 알고 보니 부모 말씀을 무슨 성경 구절 쯤으로 새겨듣던 여자였어." 여자는 결국 다음 날 그에게 이별을 고했다. "그때 우리가 아이를 가졌다면, 꼬리 달린 아이를 낳을 수도 있지 않았을까?" 이후로 그는 어느 여자를 만나든 조화롭고 안정적인 관계의 틀을 짜 맞추지 못했다. 충동적이고 우발적으로 아무 여자와 닥치는 대로 관계를 가졌고,

어쩌다 연애 모드로 이어진 관계도 3개월, 6개월을 넘기지 못했다.

이 얘기는 그가 지금의 직장에 다니기 전에 운영했던 신촌의 바에 우연히 들렀다가 직접 전해 들은 내용이다. 이런 곳에도 술집이 있나, 싶을 정도로 외진 골목에 그의 바가 자리하고 있었다. 버스 정류장에서 멀리 떨어져 있고 인적도 뜸한 곳이라 과연 수지를 맞출 수 있을지 의문스러운 술집이었다. 아니나 다를까. 자정 무렵 그곳에 처음 발을 들였을 때, 손님 하나 없는 술집에서 주인 혼자 손님 행세를 하고 있었다. 이미 눈까지 풀려 있는 상태로 취해 버린 그는 손님 없는 술집만큼이나 한심하고 불안해 보였다. 이건 아니다 싶어 곧바로 돌아 나오려는데 그가 불쑥 말했다. "같이 한잔합시다." 그리고 마주 보고 앉아 서너 번쯤 술잔을 비웠을까. 묻지도 않았고 그런 말을 나눌 계제도 아닌 것 같았는데, 그는 마흔 중년을 코앞에 두고도 독신의 처지를 벗어나지 못하게 된 이유를 주절주절 늘어놓았다. 그것도 그날 처음 본 손님 앞에서. 게다가 내 나이를 확인하고 나서는 "그럼 나보다 한참 아래잖아!" 하면서 바로 반말지거리로 밀고 나왔다.

그날 이후로 가끔 바에 들러 그가 취한 목소리로 들

려주는 반말지거리를 묵묵히 들어 주곤 했다. 어쩌다 단체 손님이 얻어걸리는 특별한 날도 있지만, 바는 언제나 한산한 편이었다. 하도 안쓰러워 일부러 직장 동료들이나 친구들을 억지로 끌고 가기도 했다. 많지도 않은 주변 사람들과 알음알음으로 간간이 찾아드는 손님들이 전부인 술집이 안정적으로 유지될 리 없었다. 그는 문을 닫겠다는 뜻을 비치기 시작했고, 마침내 접기로 결심했다. 하지만 이미 한참 늦어 버린 결단이었다. 5년 가까이 출혈을 감수하며 간신히 지켜냈던 바는 그에게 수천만 원의 빚과 소득 없이 흘려보낸 세월의 공허감만 잔뜩 얹어 주고 스러졌다. 그는 홀어머니가 세상을 떠나면서 명의 이전해 준 아파트를 팔아 빚잔치를 벌일까 잠시 고민했다. 그러나 아파트 주변 지역에 개발 바람이 불고 있어서 자산 가치가 하루가 다르게 치솟고 있는 상황이었다. "내 유일한 자산인데, 어떻게든 지켜야 하지 않겠어?" 그는 아파트를 전세로 내놓고, 그 돈으로 빚을 청산하고 남은 돈을 털어 빌라에 전세를 얻어 이주했다. 자동차도 처분하고 주변 사람들과의 연락도 끊은 채 그는 한동안 전세방에 칩거해 있었다. 그를 방에서 끌어낸 것은 전에 공연 제작사에서 같이 일했던 한 선배였다. "방송국의 공연사업팀에서 일했던 선밴데, 나를 홍보의 세계로 이끌어 준 고마운 선배지. 그 선배 아녔음 지금도 냄새나는 전세방에 처박혀 알코올 중독자처럼 지내고 있을지도 몰라."

요컨대 그는 그리 특별하다고 말할 수 없는, 우리 주변에서 별로 어렵지 않게 마주칠 수 있는 사람이다. 그런데 난데없이 꼬리를 갖게 되면서 그는 아주 특별한 사람으로 다시 태어났다. 그의 꼬리뼈를 퇴화의 잠에서 깨워 일으킨 것은 무엇이었을까? 왜 그런 일이 발생했는지, 부모가 전해 준 유전자 지도에 꼬리 유전자가 심겨 있었는지는 아직 아무도 모른다.

다섯 달쯤 전에 그 조짐을 처음 발견했다고 한다.

선배의 소개로 들어간 광고기획사에서 의욕적으로 일하고 있던 때였다. 외부 업체의 의뢰를 받아 홍보 업무를 대리하거나 홍보 관련 컨설팅을 해 주는 업무도 겸하고 있는 회사였는데, 그의 역량을 필요로 하는 것도 이 분야였다. 공연 제작사에서 일한 적이 있어 그리 어렵지 않을 거라 자신했지만, 오래도록 현장을 떠나 있다 보니 업무 감각이 둔해져서 그런지 적응하기가 쉽지 않았다. 모든 업무가 도전적으로 그를 압박해 왔다. 전에 알고 지냈던 방송사 관계자들과 기자들도 이미 현장을 떠났거나 부서 이동을 해 버린 상황이라서 업무 관련 인맥을 처음부터 엮어 나가야 했다. 서른 살의 이별 이후로 8년 동안이나 피상적인 관계의 그늘에서 지내 온 그에게, 사회적 관계망을 새롭게 다져 가야 하는 당면 과제는 엄청난 부담을 안겨 주었다. "나이 때문에라도 여기서 확고한 위치를 세우지 못하면 더 이상 갈 곳이 없다는 생각이 자꾸만 드는 거야. 그야말로 절벽 끝에 외발로 간신히 버티고 서 있는 심정이었지."

새로이 시작한 업무에 적응하느라 바삐 지내면서도 그는 하루빨리 업무에 적응하여 자기 위치를 확고히 다져야 한다는 강박감에 시달려야 했던 것이다. 그러한 강박의 끝에는 불안과 공포의 그림자가 휘늘어져 있었고, 그 불안과 공포의 영역에는 가위눌림과 불면의 혼령이 깃들어 있었다. 그런데 회사에서 그에게 가장 큰 압박과 공포를 안겨 준 것은 우스꽝스럽게도 사무실에 매일 출근하다시피 하는 고양이 한 마리였다.

실장 직함을 내걸고 일하는 사장이 가끔 사무실에 데리고 오는 고양이. 남편과 협의 이혼 하고 받은 위자료로 회사를 창업한 40대 중반의 사장에게 그 고양이는 유일한 가족 구성원이나 다름없었다. 날씬하고 우아한 자태를 뽐내는 흰색의 터키시 앙고라, 사장은 이 고양이를 유리 벽과 맞닿은 탁자에 올려 두곤 했는데, 놈의 시선은 언제나 유리 벽 너머 사무실을 향해 있었다. 놈은 주인에게서 다른 지시가 떨어질 때까지, 나른한 자세로 탁자에 몇 시간이고 앉아 있었다. 그러면서 푸르스름한 빛을 띤 호두 형의 눈동자를 빛내며 호기심 가득한 눈길로 사무실 전체를 조망했다. 상관의 명령을 받아 감시탑에서 경계근무를 서는 고양이 병사처럼 느껴질 때도 있었다.

실제로 그는 어쩌다 고양이의 눈길을 의식할 때마다 놈의 감시를 받고 있다는 느낌에 사로잡혔다. "어떤 기분이냐고? 더럽지. 아주 더러워. 어쩔 땐 쥐새끼가 된 기분이라니까." 그의 말대로 그 고양이가 문제의 원인일 수도 있겠다는 짐작도 든다. 이는 그의 주장이기도 한데, 글쎄, 나로선 그가 사장에게서 받은 압박감, 그로 인한 심리적 불안의 원인을 고양이에게 덮어씌우고 있는 게 아닌가 싶기도 하다. 그렇지만 그의 주장도 상당한 설득력을 지니고 있다. 고양이와 그의 꼬리는 짝패처럼 절묘하게 맞아떨어지는 구석이 있기 때문이다.

"사무실에 출근한 지 보름쯤 지났을 무렵이었어. 그 날 나는 밤늦게까지 사무실에 혼자 남아 홍보기획안을 작성해야 했어. 몽롱한 피로감 속에서, 온갖 상상력을 발휘하여 무사히 일을 마칠 수 있었어. 절로 한숨이 나오더라니까. 곧바로 사장의 이메일 주소로 기획안을 전송한 뒤, 가방을 챙겨 들고 일어섰지. 사무실 조명등을 모두 끄고 희붐한 새벽빛에 의지하여 사무실 밖으로 막 나서려고 했을 때였어. 언뜻 기이한 기운을 감지하고 사장실 쪽으로 시선을 던졌는데, 아이쿠 씨발, 유리 벽에 호두알 두 개가 푸르스름하게 번뜩이고 있는 거야. 젠장, 그 빌어먹을 고양이가 그때껏 사장실을 지키고 있었던 거야. 사장이 무슨 이유로 자기 가족과도 같은 고양이를 사무실에 남겨 두고 퇴근해 버렸는지 모르겠어. 하여간에 그년 변덕도 알아줘야 해. 난 그 시각까지 고양이가 거기 있으리라고는 전혀 예상하지 못했어. 사장이 고개를 끄덕여 줄 만한 발상을 쥐어짜내느라고, 정말 고양이의 눈길을 의식하지도 못했다니까.

그 시퍼런 광채를 본 순간 말이지, 섬뜩한 기분과 함께 살의를 느꼈어. 그래, 그건 명백한 살의였다고 기억해. 피로와 졸음을 견디며 내가 일하는 모습을 놈이 줄곧 감시하듯 지켜봤다는 생각에 울화통이 치밀더란 말이지. 황당한 발상이지만, 나를 계속 감시하도록 일부러 고양이를 놔두고 간 게 아닐까, 하는 의심마저 들었어. 난 다시 불을 켜고 책상 서랍을 열어 문구용 칼을 꺼내 들었지. 놈을 해치겠다는 뚜렷한 목표 같은 건 없었던 것 같아. 그냥 반사적이고 충동적으로 벌인 행위였을 거야.

칼을 등 뒤에 숨기고 조용히 사장실 문을 열고 들어갔지. 놈에게 말을 걸듯 야옹, 울음소리까지 흉내 내며 슬며시 다가갔어. 원래 경계심이 많은 고양이였는데, 오랜 시간 동안 혼자 사무실에 남겨져 있었던 탓인지 놈은 아무것도 모른 채 갸르릉거리며 평소에는 극구 피하던 스킨십까지 허용해 주더라고. 난 그때를 놓치지 않았지. 냅다 놈의 목을 틀어잡고 두 귀 사이를 칼로 그냥 확 그어 버렸어. 아, 그 끔찍한 비명이라니! 죽어라 버둥거리는 놈의 머리 중앙에 핏물이 선명하게 번져 올라 있더라고. 순간 놈이 발톱으로 내 손등을 할퀴는 바람에 칼을 떨어뜨렸고, 놈도 놓치고 말았어. 놈은 소름 끼치도록 음산한 비명을 내지르며 사장실 밖으로 뛰쳐나가 버렸어. 황급히 뒤를 쫓았지만, 놈은 이미 어딘가에 꼭꼭 숨어 버린 뒤였어. 그제야 내가 무슨 짓을 저질렀는지 불현듯 깨달았어.

혹시 핏자국이 남아 있는지 탁자와 바닥을 꼼꼼히 살핀 다음, 서둘러 그 자리를 벗어났지. 핏물이 희미하게 밴 칼을 가방에 넣고, 정신없이 사무실 밖으로 나왔던 것 같아. 그런데 엘리베이터 문이 닫힐 때까지 날카로운 고양이 울음이 뒤쫓아 오는 기분이 드는 거야. 그때였어. 뜨거우면서도 따끔한 감각이 등뼈를 훑고 지나가는가 싶더니, 꼬리뼈에서 묵직한 통증이 느껴졌어. 바로 그거였어. 웃지 마 임마! 분명 그때 내 꼬리 유전자가 자극을 받은 거라니깐…"

고양이는 다음 날 아침 여자 화장실 휴지통에서 머리를 온통 피로 물들인 채 환경미화원에 의해 발견되었다. 미화원은 고양이를 관리실로 옮겼고, 관리실 직원이 사장에게 연락을 취했다. 급박한 걸음으로 내달려 온 사장의 얼굴에는 눈물 자국이 너저분하게 번져 있었다. 사장은 고양이를 끌어안고 "미안해, 미안해, 미안해…" 끝없이 용서를 빌며 잘 아는 동물병원으로 차를 몰아 갔다.

"당연히 나를 가장 먼저 불러 추궁했지. 난 저녁을 먹고 들어와 야근하는 내내 고양이를 보지 못했다고, 고양이가 거기 있었는지도 몰랐다고 둘러댔어. 워낙에 직감이 뛰어난 여자니깐 계속 나를 미심쩍어했지. 하지만 아무런 증거도 없고, 내가 그런 짓을 저지를 만한 특별한 이유도 없었으니까, 그렇게 대충 넘어갔어."

수의사의 손길을 거치고도 고양이는 원래 모습을 회복하지 못했다. 벌어진 상처를 꿰매느라 머리털은 볼품없이 깎여 나갔고, 영험한 예지의 빛까지 감돌던 매혹적인 눈매는 어딘가 부자연스럽게 일그러져 보였다. 이마의 상처도 잘 아문 듯 보였지만, 예리하게 갈라져 나간 흉터를 완전히 지우진 못했다. "머리 전체가 보기 흉할 정도로 비틀린 인상으로 변해 버렸어. 놈과 마주칠 때면 꼭 괴물을 보는 기분이었어. 차라리 그때 놈을 어떻게든 잡아서 숨통을 끊어 놨어야 했는데… 그때부터 줄곧 놈에게 쫓겨 다녀야 했어. 꽤 으스스하더라고. 에드거 앨런 포의 검은 고양이처럼 그놈이 언젠가는 내게 불길한 결말을 불러올 것 같은 예감이 들었거든."

그 일 뒤로 사장의 고양이 사랑은 더 깊어졌다. 하지만 그는 놈이 더 불편하고 두려워졌다. 그는 사무실에 있을 때면 놈과 눈길을 마주치지 않기 위해 바짝 긴장해 있어야 했고, 그 때문인지는 모르겠지만 꼬리뼈의 통증이 주기적으로 반복되는 느낌을 자주 받았다. 그러던 어느 날 그는 꼬리뼈의 이상 징후를 발견하게 되었다.

"아침에 일어나 대변을 보고 밑을 닦는데 뭔가 만져지더라고. 왠지 모르게 엉덩이가 무거워진 느낌도 들고, 이상하게 꼬리뼈 부위가 못 견디게 가려운 거야. 손을 등 뒤로 돌려 득득 긁는데 거기에 엄지손톱만 한 뾰루지 같은 게 돋아 있었어. 그런데 힘주어 눌러도 아무런 통증도 없는 거야. 뾰루지도 아니고, 이게 뭘까? 혹 같은 게 아닐까 하는 생각도 했지. 거기서 꼬리가 나올 거라곤 추호도 예상 못 했어. 그래서 별로 대수롭지 않은 증상일 거라고 넘겨짚고 회사로 출근했지. 그땐 그저 뾰루지 수준이었으니까. 가벼운 마음으로 외과에 들러 간호사와 의사에게 잠깐 엉덩이를 까 보여 주면 돼, 간단한 진단과 처방을 거치면 말끔하게 치유될 거야, 며칠 지나면 자연적으로 증상이 사라질 수도 있겠지. 그런 기대를 품고 며칠을 기다려 봤는데, 젠장 그게 아닌 거야. 하루가 다르게 자라나며 제법 꼬리 모양을 띠기 시작하는 거였어."

바 운영을 접은 뒤론 연락이 끊겼는데, 그가 내게 전화를 걸어 온 것도 아마 이 무렵이었던 것 같다.

"나다."

"아, 형! 어떻게 지내세요?"

"어, 요즘 직장에 다니고 있어. 월급쟁이로 돌아간 거지."

"와, 다행이다. 걱정 많이 했는데…."

"고맙다. 그런데 말이다. 너 생물학 전공이라고 했지?"

이런저런 인사말이 오가고 난 뒤, 그는 뜬금없이 내 전공을 물었고, 어딘지 겉도는 듯한 얘기 끝에 불쑥 꼬리 인간의 임상 사례 같은 게 있는지 궁금하다고 말했다. 별일 아니라는 듯 넌지시 묻는 투였지만, 뭔가를 간구하는 듯한 분위기를 강하게 풍기고 있다는 걸 나는 그때 바로 알아차렸어야 했다. 그러나 좀 황당하기까지 한 질문이어서 나는 별 의심 없이 픽 웃으며 대답했다. "형도 참… 그거 알아요? 형은 관심의 폭이 지나치게 넓은 경향이 있다니깐. 아니 그런 게 뭐 땜에 궁금해요?"

"그러게… 그냥 뭐 갑자기 그딴 게 알고 싶어지네."

"글쎄요. 격세유전이란 게 있으니까 꼬리 달린 인간이 나올 가능성을 완전히 배제할 순 없겠죠. 진화론적으로 먼 조상에게는 있었으나 현재는 없는 퇴화한 특징이 다시 나타나는 걸 격세유전이라고 해요. 해부학적으로 격세유전은 흔적기관과 밀접하게 관련되어 있죠. 극히 드문 일이지만, 실제로 꼬리뼈가 돌출하기도 한다던데요. 그걸 흔적기관 꼬리라고 하죠. 아, 그리고 100건 이상의 인간 꼬리 사례가 의학 문헌에 보고되어 있다는 내용을 어디선가 읽은 기억이 나네요." 나도 별로 아는 게 없어 이 정도밖엔 들려줄 수 없었다.

꼬리가 점차 자라면서 더욱 압도적으로 그를 괴롭히는 새로운 문제가 발생했다. 글쎄 이놈이 쥐 꼬리 형상을 띠어 간다는 점이었다. "하필이면 인간들이 가장 품위 없는 동물로 치는 쥐새끼의 꼬리냔 말이지. 원숭이의 꼬리라면, 뭐 같은 영장류니까 웬만큼 수긍할 수 있겠다. 또 호랑이나 사자 꼬리라면 폼이라도 날 거 아니냐? 하다못해 고양이나 개 꼬리만 됐더라도 그렇게 절망적이진 않았을 거다."

"돼지 꼬리 자손을 본 부엔디아 가문의 후손이 되지 않은 게 천만다행이네요. 마르케스의 『백 년 동안의 고독』에 나오잖아요." 내가 던진 말이다. 별생각 없이 그런 말을 툭 내던진 걸 보면, 나는 그에게 닥친 현실을 조금은 유희적으로 정도껏 즐기고 있었던 게 아닌가 싶다. 하지만 누군들 그러지 않을 수 있겠는가.

쥐 꼬리에 대한 혐오감은 그를 자기 파괴의 광기로 몰아갔다. 날을 갈아 끼운 문구용 칼이나 가위를 들고 꼬리를 자르려고 시도했다가 포기한 적도 여러 번이었다. 네이버 지식인들에게 쥐의 꼬리를 뽑거나 자르면 어떻게 되는지 물어보기도 했다. 나도 틈틈이 거기 들러 지식인 행세를 하고 있지만, 그 바닥에서 과연 얼마나 깊이 있는 정보를 얻을 수 있었을지 의문이다. 그는 아마 이런 정도의 상식적인 지식을 얻어듣는 데 만족해야 했을 것이다.

—쥐의 척추에서 꼬리를 뼈째 뽑는다면?

: 당연히 죽습니다. 척추 안에는 척수가 들어 있는데요, 이 척수는 내장으로 가는 신경의 통로이기도 합니다. 이걸 뽑아 버리면 내장과 뇌의 연결 통로가 차단되기 때문에 즉사할 수밖에 없어요.

—꼬리를 자른다면?

: 자를 때 꼬리에 분포된 신경이 손상되면 더 이상 재

생되지 않습니다. 신경이 살아 있다면 재생이 가능하겠지만, 완전한 형태로 회복되진 못할 겁니다.

도움이 되셨기를 바랍니다.


최초의 징후가 나타난 뒤로 그의 꼬리는 석 달 만에 30센티미터에 가까운 길이로 성장했다. 한 달에 10센티미터씩, 죽순처럼 쑥쑥 자라난 것이다. 연골은 물론 열 개의 뼈로 구성된 완벽한 형태의 꼬리를 갖춘 인간이라니…. 정말이지 희귀하고도 희귀한 사례였다.

그렇다면 기능은? 그것 역시 완벽했다. 갑자기 인간의 엉덩이에 완벽한 형태와 기능을 갖춘 꼬리가 생겨났을 때 어떤 상황이 펼쳐질까? 자, 당신들도 한번 상상해 보시라.

쥐에게 있어 꼬리는 인간의 손에 해당될 정도로 요긴한 신체 기관이다. 꿀이나 기름을 찍어 먹을 때 꼬리를 사용하며, 날달걀을 꼬리로 감아 옮기기도 한다. "라면을 끓이면서 달걀을 깨기 전에 충동적으로 시도해 봤는데, 나도 되더라. 더 크고 무거운 물체도 얼마든지 옮길 수 있었어." 쥐는 전선을 탈 때도 꼬리를 이용한다. 꼬리로 전선을 감아 균형감각을 유지하는 것이다. 쥐가 높은 벽으로 뛰어오를 수 있는 것도 꼬리의 탄력성 때문이다. "꼬리를 바지 밖으로 내놓고 뜀뛰기를 해보니까 확실히 점프력이 높아졌다는 걸 알 수 있었어. 웬만한 담벼락쯤은 가볍게 넘을 수 있겠더라고."

그는 꼬리를 자유자재로 놀릴 수 있게 되었다. 그만이 누릴 수 있는 소소한 즐거움을 나름대로 추구해 온 덕분일 것이다. 좀 더 연습하면 고양이나 개처럼 꼬리로 간단한 의사 표현을 할 수도 있을 것 같았다. "미치겠더라. 쥐를 따라 하다가도, 이런, 내가 지금 뭘 하고 있는 거지, 하는 생각이 퍼뜩 스쳐 가곤 했거든."

그렇게 그는 자기 엉덩이에 마법의 저주가 걸렸다는 걸 깨끗이 인정해야만 했고, 어떻게든 마법의 굴레를 벗어날 방법을 찾아야 했다. 문제는 이 꼬리를 사마귀나 혹처럼 간단하게 제거할 수 없다는 데 있었다. 꼬리 때문에 어쩔 수 없이 겪어야 하는 고통을 감수하는 것만도 힘에 부쳤다. 직립 인간의 엉덩이에서 왜 꼬리가 퇴화할 수밖에 없었는지, 그 이유를 온몸으로 부대끼며 뼈저리게 실감해야 했다.

사무실 의자에 앉아 있을 때면 항상 꼿꼿한 자세를 유지한 채 긴장하고 있어야 했다. 어느 순간 긴장이 툭 끊기며 자세가 조금이라도 내려앉기라도 하면, 의자에 부딪힌 꼬리뼈의 통증이 척추를 타고 기세 좋게 뻗어 올라 뇌 신경을 자극해 전신을 울부짖게 했다. 꼬리뼈가 닿는 의자의 접촉면에 구멍을 뚫어 보았지만, 상체를 움직일 때마다 등골을 파고드는 통증을 완전히 해소하기란 애초부터 불가능했다. 특히 사장의 호출을 받고 괴물 고양이가 있는 그 방에 들어설 때는 새파랗게 질린 꼬리의 떨림이 바짓가랑이에 확연히 드러났다.

침대에 등을 대고 누워 잠들 수 없었고, 걸을 때도 온갖 곤란한 일을 겪어야 했다. 꼬리가 난 뒤로 그는 엉덩이에 착 달라붙는 캘빈클라인 팬티를 더 이상 입을 수 없었다. 대신 T-팬티를 착용하게 되었는데, 그가 직접 팬티 끈에 꼬리 주머니를 달아 꼬리 보호대 겸용으로 특별 제작한 팬티였다. 그럼에도 걸을 때마다 그놈의 꼬리가 여간거치적거리는 게 아니었다. 좀 멀다 싶은 거리를 걸어야 할 때 인적 없는 골목에 들어서면, 아예 직립 보행을 포기하고 네발짐승의 걸음걸이로 걷고 싶은 충동에 사로잡히기도 했다.

이루 말할 수 없이 곤란한 경우를 수없이 겪으면서도 그는 용케도 꼬리인간의 일상을 그럭저럭 견뎌 나갔다.

병원 의사에게 꼬리를 내보이는 건 죽기보다 싫었다. "네 말대로라면, 내가 백 몇 번째 꼬리인간 사례로 의학 문헌에 기록될 수 있다는 거잖아? 그 리스트에 오르는 건 절대 용납할 수 없었어." 아무한테도 들키지 않고 그렇게 버텨 나가다 보면 뭔가 방법이 생길 거라고 그는 날마다 마법의 주문을 외웠다. 극도의 긴장과 조심성을 발휘한다면야 아무에게도 들키지 않고 지낼 수는 있을 터였다. 하지만 그게 언제까지나 가능할까?

얼마 안 가 그의 비밀을 위협하는 강력한 변수가 나타났다. 6년여 만에 우연히 마주치게 된 한 여자에게 덜컥 꼬리를 잡혀 버린 것이다.

어느 중소기업의 신제품과 관련된 광고 포스터 촬영 현장에서였다. 충분한 개연성이 있다손 치더라도, 스치듯 만나 한두 차례 정사를 나누고 멀어져 간 수많은 여자들 중 한 명을 그런 자리에서 맞닥뜨리게 될 줄은 정말 몰랐다.

그가 무심코 스튜디오에 들어섰을 때는 촬영이 한창 진행 중이었다. 광고 콘셉트에 맞게 촬영이 진행되는지 확인하는 게 그의 업무였다. 하지만 이미 사진작가에게 콘셉트에 대해 충분히 설명하고 기획 아이디어까지 전달한 터라, 그가 참견할 만한 여지는 거의 없었다. 그는 하릴없이 얼쩡거리며 사진작가와 모델 사이에 오가는 미묘한 긴장과 교감을 구경하느라 잠시 꼬리의 존재를 잊고 있었다. 그런데 아까부터 모델과 자주 시선이 마주치는 느낌을 받았다. 뿐만 아니라 모델이 입가에 알 수 없는 미소를 띤 채 슬쩍 눈인사까지 보내는 듯한 기분이 들었다. "집중해, 집중!" 사진작가도 모델의 주의가 흐트러졌다는 걸 알아차리고 잠시 휴식을 선언했다. 그 틈을 타서 모델이 그를 향해 걸어왔다.

"팀장님! 이게 얼마 만이에요?" 목소리를 듣자마자 바로 알 수 있었다. 너구나, 하고 알아차린 순간 그는 6년 전의 시공간으로 훌쩍 시간 이동을 해 버린 기분이 들었다.

그가 어느 공연 제작사에서 홍보팀장으로 일하고 있을 당시였다. 앞에서 말한 선배의 제안을 받고 들어간 회사였는데, 일종의 테마파크를 운영하는 회사였다. 특정 영화를 테마로 한 공원을 조성해 놓고, 배우들을 동원하여 영화에 나오는 각종 상황을 연출하여 관람객들에게 보여 주는 공연 사업쯤으로 이해하면 된다. 그 공연을 한두 번 관람했거나 상상력과 이해력이 뛰어난 사람이라면 벌써 대충 짐작했을 것이다. 당시에 거대한 문화적 열풍을 몰고 온 영화와 그 영화 속 동물이 있다. 그렇다. 공룡, 그리고 〈쥬라기 공원〉이다. 도처에서 공룡을 볼 수 있었던 때였다. 급기야 코엑스 건물 옥상에 가건물로 된 테마파크가 들어서고, 그곳에선 6500만 년 전 화석에서 튀어나온 공룡들의 스펙터클이 펼쳐졌다.

그녀는 사육사 역으로 출연하는 배우들 중 하나였고, 그는 방송과 인터넷 매체를 대상으로 한 홍보 업무를 전담하고 있었다. 업무 성격상 방송 관계자들과 자주 어울릴 수밖에 없는 위치였다. "아마 그런 면이 그녀의 관심을 끌었던 것 같아. 사실 내가 어떻게 한번 해 보려고 은근히 눈독을 들이던 애는 따로 있었는데, 어쩌다 보니 그녀와 엮여 버렸어. 남녀 관계라는 게 그렇잖아?"

어느 날 저녁에 사무국을 나와 주차장으로 향하던 중 그녀와 마주쳤다. "안녕하세요, 팀장님!" 그녀가 선글라스를 벗으며 고개를 꾸벅 숙였다. 그렇게 시작되었다. 근처 식당에 가서 저녁 식사를 하고, 생맥주를 몇 잔 나누고 헤어졌다. "그 다음다음 날엔가 문자 메시지가 왔어. 오늘은 자기가 저녁을 사겠다고. 아마 그날 처음 잠자리를 가졌을 거야." 영화과를 졸업하고 한 에이전시에 소속되어 중앙 무대의 스포트라이트를 받게 될 날을 고대하는 26세의 배우 지망생. 압구정동에 거주하며, 경제적으로 몰락한 집안의 딸 노릇에 슬슬 염증을 느끼기 시작했고, 연기학원에서 아르바이트를 하면서 하루빨리 유명 배우로 부상하고 말겠다는 의지를 불태우는 여자. 이것이 그가 대충 파악하게 된 그녀의 정체성이었다. 그녀를 위해 그는 한 방송국 프로그램에서 테마 공연의 전체 과정을 소개하는 역할로 출연할 수 있도록 다리를 놓아 주었다.

그녀와의 관계는 거기까지였다. 그가 회사를 떠나면서 연락이 두절된 것이었다. 은행권에서 대출 자금을 회수하기 시작하고, 투자가 끊기기 시작하면서 닥쳐 온 자금 압박이 원인이었다. 회사의 몰락을 예감하게 된 100여 명에 이르는 스태프들이 하나둘 떠나가기 시작했다. 월급이 3개월째 밀리자, 그도 더 이상 버틸 수 없었다. 정리랄 것도 없지만, 그 뒤로 그녀와의 관계도 테마파크의 깊숙한 밀림 속에 묻혀 버렸다. 몇 번 전화 통화를 시도해 봤지만, 상대가 피하는 눈치여서 그 짓도 그만두었다.

그랬는데 6년여 세월의 밀림 속을 헤쳐 나온 그녀가 다시 그 앞에 나타난 것이다. 여전히 주변부에서 제자리

걸음으로 맴돌고 있는 걸 보면, 이후의 이력이 그리 순탄치 않았던 게 분명했다. 저녁까지 이어진 촬영을 마치고 두 사람은 자리를 함께했다. 그는 커피를 마시며 이런저런 얘기를 나누던 중 그녀의 얼굴에서 몇 군데 성형의 흔적을 발견했다. "몰라보게 예뻐졌는데?" 코끝에 보형물을 넣어 날렵한 버선코로 다듬었고, 전에 비해 고운 선으로 매끄럽게 흘러내린 얼굴의 윤곽, 도톰해진 입술에도 솜씨 좋은 외과 의사의 마법이 위력을 발하고 있었다.

"결혼, 하셨어요?"
"아니, 아직…."
"갔다 오신 거예요, 안 하신 거예요?"
"어허, 아직이라니까."

그녀는 처음 만났을 때 했던 질문을 그대로 던지고 있었다. 그때와 다른 점이 있다면, 왠지 그가 아직 싱글로 남아 있기를 은근히 바라고 있는 것 같다는 것이었다. 그녀의 눈동자에서 그런 기대감을 읽어낸 그는 가슴이 두근거리는 걸 느꼈다. 실로 오랜만에 찾아온 울렁증이었다. 그녀와의 관계가 당분간 이어질 것 같다고 그는 예상했다.

　그의 예감대로 관계는 매끄러운 흐름을 타고 기분 좋게 흘렀다. 그런데 역시 꼬리가 관계를 위협하는 치명적인 장애물로 바리케이드를 쳤다. 꼬리를 들키지 않기 위해 그야말로 필사적인 노력을 기울여야 했던 것이다. 꼬리와 꼬리 주머니는 물론, T—팬티도 그녀에게 절대 보이고 싶지 않은 치부였다. 그러나 언제까지 그걸 가릴 수 있을지 그로서도 자신이 없었다.

　그녀와 키스를 하거나 가벼운 스킨십만 해도 꼬리가 어김없이 문제를 일으켰다. 기이하게도 성기가 반응을 보이면 꼬리까지 흥분해 버리는 것이었다. 그런 걸 보면, 아무래도 꼬리가 성기를 시샘하고 욕망하게 된 것 같다고 그는 말했다. 성기처럼 여자의 거기에 들어가 박히고 싶고, 피스톤 운동을 하고 싶고, 오랫까지 즐기고 싶어 하는 것 같은 기분을 자주 느꼈으며, 놈이 한번 불끈 일어서면 마스터베이션하는 것처럼 몇 분 동안 마찰이라도 시켜 줘야 겨우 가라앉곤 했다는 것이다. 다른 때는 얼마든지 제어가 가능했는데, 그때만큼은 도무지 말을 들어먹질 않았다고 했다. "그러다 내가 정말 그 요물을 거시기에 삽입해 버리면 어쩌나 하고 슬며시 불안하기도 했어. 실제로 섹스 중에 그런 충동을 느끼기도 했고."

그는 극도로 조심하면서 몇 번의 위기를 무사히 넘기고, 그럭저럭 꼬리인간의 정체를 숨긴 채 그녀와의 관계를 유지해 갈 수 있었다. 그러다 결국 일이 터지고 말았다.

그녀가 고양이 한 마리를 기르고 있다는 걸 깜박했던게 실수였다. 그녀는 공교롭게도 사장이 기르는 것과 같은 종의 고양이와 함께 지내고 있었다. 몸 전체를 뒤덮은 희고 부드러운 털, 뾰족한 얼굴, 끝이 위로 약간 치켜 올라간 호두 형의 눈… 영락없는 터키시 앙고라였다. 그런데 그녀의 고양이는 양쪽 눈의 색깔이 달랐다. 왼쪽 눈은 푸른빛, 오른쪽 눈은 노란빛을 띤, 오드 아이라는 유전적 질병을 지닌 고양이였다. 그 기형적인 눈동자는 그에게 사무실 고양이의 머리에 도드라진 흉터만큼이나 불길한 심상을 불러일으켰다.

그녀의 집에서 함께 지내게 된 주말 밤, 거실 소파에 앉아 있다가 일이 벌어졌다. 두 사람은 그녀가 단역으로 출연했다는 조폭 느와르 영화를 노트북 화면으로 보고 있었고, 문제의 고양이는 창가 옆에 설치된 캣타워 꼭대기에 고고한 자태로 앉아 있었다. 영화에 몰입하느라 잠시 꼬리의 긴장을 잊고 있던 그는 그녀의 머리카락을 어루만지다 얼굴을 당겨 키스를 하고, 셔츠 안에 손을 넣어 가슴의 부드러운 촉감을 즐겼다. 행위는 자연스럽게 침대로까지 이어졌고, 곧장 정사로 달려갔다. 어찌 된 일인지 그는 다른 날과 달리 방심하고 있었다. 게다가 캣타워에서 두 사람의 행위를 호기심 어린 눈길로 내려다보고 있는 고양이까지 간과하고 있었다.

피스톤 운동에 몰입하느라 그는 이불이 침대 아래로 흘러내리는 것도 지나치고 말았다. 기다랗게 발기한 꼬리가 안테나처럼 치솟아 있는 상태였다. 그때, 난생처음 접했을 거대한 쥐 꼬리의 출현에 놀란 고양이가 벌떡 몸을 일으켰다. 순간 그는 본능적으로 위험을 감지한 꼬리가 부르르 떨리는 걸 느꼈다. 아차 싶었고, 얼른 상체를 일으켜 수습해 보려 했지만 고양이의 날랜 동작을 따라잡을 수는 없었다. 날쌔게 캣타워에서 뛰어내린 고양이가 꼬리를 덮쳐 버린 것이었다. 그는 냅다 비명을 내지르며 발톱에 찔린 꼬리를 손으로 싸쥐고 고양이를 향해 돌아앉았다. 그 바람에 뻣뻣하게 경직된 꼬리의 일부가 그녀의 음문에 박혀 버렸다. 그런데 전혀 의외의 일이 벌어졌다. 그녀는 길고 매끈한 꼬리가 전해 주는 성감을 음미하는 듯 가느다란 신음을 흘리며 고개를 갸웃거렸다. 그러더니 꼬리를 자기 안으로 더 깊숙이 당겨 넣는 게 아닌가.

　자, 이제 꼬리를 활용한 섹스 체위를 같이 상상해 보
는 시간이 되었다.

　그녀는 급기야 바이브레이터를 다루듯 꼬리를 넣었
다 빼는 동작을 반복하기 시작했다. "이거 어디서 구했
어? 느낌 좋은데?" 그녀가 연신 교성을 흘리며 물었다. 무
슨 신형 섹스 보조기구쯤으로 오인하고 있는 것 같았다.
그 황당하고 난감한 상황에 어떻게 대처하면 좋을지, 그
는 알 수 없었다. 그러나 꼬리는 분명히 알고 있는 것 같았
다. 놈은 꼬물꼬물 굼뜨게 움직이면서도 더 깊숙이 박히
고 싶어 안달하고 있었다. 그는 꼬리의 욕망을 거부할 수
없었다. "그것은 곧 나의 욕망이자 그녀의 욕망이기도 했
어." 그는 어째 일이 엉뚱하게 풀려 나간다 싶었고, 헤실헤
실 웃음이 비어져 나왔다. "널 위해 준비했어." 그가 그녀
를 돌아보며 말했다. 이젠 갈 데까지 가 버리는 수밖에 없
다는 생각이 들었다. 그는 꼬리의 감각적 쾌락을 고조시
키는 데만 전력했다. 엉덩이를 방아 찧듯 쿵덕거리고 빙
그르르 돌리기도 하면서 그는 꼬리가 지르는 신음, 아우

성, 절정에 이르렀을 때의 괴성까지 생생하게 느낄 수 있었다. 그 장면에 경악했던지 고양이는 싱크대 밑으로 기어들어 가더니 아예 밖으로 나올 엄두조차 내지 못했다.

"아흐흐, 미치겠다. 어디서 이런 걸, 이 뻔뻔하고 사랑스럽고 야만적인 요물을…. 아, 오빠 나 어떡하지? 이 꼬리와 사랑에 빠진 것 같아. 나 이거 갖고 싶어. 나한테 줄 거지? 어? 어? 오빠?"

관계가 끝난 뒤에도 그녀는 꼬리를 잡고 놓아주지 않으려 했다. 두 사람은 이제 혼연일체가 되어 꼬리와 성기를 동시에 활용한 섹스를 몇 번 더 시도해 보았다. 그는 앞뒤로 두 개의 성기를 가진 인간으로 재탄생하게 된 셈이었다. 그의 꼬리는 그녀의 노리개가 되어 밤새 농락당하고 희롱당했다. 그는 꼬리로 할 수 있는 모든 걸 그녀에게 선보여야 했다. 처음에는 모욕적이고 치욕스러우며 쑥스럽기 그지없는 행위였는데, 반복하다 보니 그것도 익숙한 느낌으로 다가왔다. 그녀가 탄성을 발할 때면 은근한 자부심이 느껴지기도 했다.

그렇게 꼬리의 쾌락을 공유하는 나날이 꿈처럼 흘러갔다. 그 며칠 동안 그는 '짐승의 시간' 속에서 허우적거리고 있다는 자괴감이 흉물스럽게 꼬리 치곤 했노라고 심정을 토로했다.

그러다 또 한 번 그에게 결정적인 계기가 찾아왔고, 그는 마침내 중대한 선택의 기로에 서게 되었다.

"오빠, 이것 좀 봐." 성형 관련 정보를 교환하는 웹사이트에 접속해 있던 그녀가 그를 불렀다. "뭔데?" 그녀가 회원으로 가입해 있는 인터넷 카페였다. 그녀는 게시판에 오른 글들 중 하나를 열어 그에게 보여 주었다.

일명 '닥터 프랑켄'으로 통한다는 야매 의료 시술자를 소개하는 내용이었다. 닥터 프랑켄이라는 사람의 그로테스크한 외모와 함께 그의 범상치 않은 의료 행위를 흥미로운 필치로 다룬 글이었다. 그런데 유독 그의 눈길을 잡아끄는 구절이 있었다. 프랑켄 박사라는 사람이 전에 꼬리를 이식하거나 제거하는 수술을 여러 번 집도했다는 것이었다. 그야말로 믿거나 말거나, 괴담처럼 떠도는 소문을 웹소설의 줄거리처럼 정리해놓은 것 같았다. 하지만 설사 그것이 지나치게 과장되고 왜곡된 헛소문이라고 하더라도, 그로서는 도저히 그냥 지나칠 수 없는 사항이었다. 그는 글을 올린 사람에게 쪽지를 보내 닥터 프랑켄의 이메일 주소를 알아보기로 마음먹었다.

"설마 이 야매한테 갈 생각은 아니지?" 그의 생각을 읽어냈던지 그녀가 돌연 경계심을 내비치며 물었다. "내 허락 없인 안 돼. 아직 때가 아냐. 좀 더 기다려라, 오빠. 내게 아주 멋진 계획이 있으니까." 그녀는 도무지 알 수 없는 소리를 지껄이다가 그의 꼬리를 입에 덥석 물고 핥기 시작했다. 그녀가 대체 무슨 꿍꿍이를 굴리고 있는지, 그는 굳이 물어보지 않았다. 그녀의 계획이 어떤 것이든 상관없다는 생각이었다.

　그리고 며칠 뒤, 그는 결국 닥터 프랑켄을 찾아가 보기로 결심했다. 날이 갈수록 꼬리에 집착을 보이는 그녀가 부담스럽고 두려워지기 시작한 것이다. 저러다 어느 날 갑자기 그녀의 엉덩이에도 꼬리가 돋아날 것만 같았다. "이러다 우리 둘 다 짐승의 시간에서 영원히 헤어나지 못하는 게 아닌가 싶기도 하고, 그래서 동아줄을 구하는 심정으로 프랑켄 박사를 찾아간 거야."

　닥터 프랑켄의 사무실은 낡고 오래된 오피스텔 건물의 지하 1층에 박혀 있었다. 문을 열고 들어서자, 불법 마사지업소처럼 침침해 보이는 실내 공간이 불온한 느낌을 던져 주었다. 아무도 없는 줄 알았는데, 육중한 무게에 눌린 의자가 삐걱거리는 소리가 둔중하게 울렸다. 게시판에서 읽은 대로 거대한 두꺼비를 연상시키는 닥터 프랑켄이 비대한 몸뚱이를 뒤뚱거리며 다가왔다. 누리끼리하게 변색된 가운, 그 안에 입은 셔츠 밖으로 금방이라도 살이 비어져 나올 것 같았다. 겹겹이 접힌 턱살이 목을 대신하고, 가슴에는 여성형 유방이 돌출해 있었다. "생겨 먹은 것도 엽기적이지만 그 실력 또한 엽기적이다"는 게시판 글을 보지 않았다면, 바로 뛰쳐나와 버렸을 터였다. 어둑한 실내 분위기 탓도 있겠지만, 닥터 프랑켄에게선 지하세계에 도사린 음험한 범죄의 냄새가 솔솔 풍겼다.

"어서 오게. 자네가 내게 메일을 보냈나?"
"그, 그렇습니다."
"고맙네. 다른 의사 놈들한테 보이기 전에 나한테 먼저 와 줘서. 자네 꼬리를 지금 좀 보여 줄 수 있겠나?"

프랑켄이 성급하게 서두르는 기색이었다. 일단 거기까지 찾아간 이상, 그로서도 피해 갈 수 없는 상황이었다.
닥터 프랑켄은 연구실 겸 수술실로 활용하는 듯한 곳으로 그를 데려가더니 수술대에 오르라고 지시했다. "어서 보여 주게."

그는 수술대에 엎드린 채 꼬리 주머니에 모셔 둔 꼬리를 꺼내 프랑켄에게 보였다.

"놀랍군. 정말 놀라워." 진짜 꼬리라는 걸 확인한 프랑켄이 탄성을 발하며 말했다.

"박사님, 척추의 신경을 건드리지 않고 이놈을 뿌리째 뽑을 수 있겠습니까?" 그가 물었다. 간절한 호소가 담겨 있었지만, 거기에는 당신 같은 야매 따위가 이런 고난도의 시술을 과연 할 수 있을까? 하는 의혹이 스멀거리고 있었다.

프랑켄 박사는 한동안 물끄러미, 그러나 강렬한 호기심을 품고 꼬리를 이리저리 살펴보며 중얼거렸다. "이걸 뼈째 뽑는 건 아무래도 위험해 보이는군. 자네 말처럼 척추 신경이 손상될 위험이 크겠는걸. 직립 보행을 못 하게 된단 말일세."

직
립
보
행

네 개의 음절이 치욕의 탄환처럼 날아와 그의 의식 깊숙이 박혀 들었다.

"자칫 죽음을 부를 수도 있어. 하지만 최대한 짧게 자르는 건 가능할 것 같군." 닥터 프랑켄은 잠시 뜸을 들이고 있다가 다시 말을 이었다. "하지만 말일세. 이걸 굳이 잘라야만 하겠나?" 닥터 프랑켄은 은밀함과 집요함이 엿보이는 표정으로 탐색하듯 그를 바라보았다.

"무슨 말씀이세요?" 그가 의아한 눈길로 묻자, 닥터 프랑켄이 가볍게 손뼉을 치며 말했다. "잠시 얘기 좀 할까? 그만 내려와 앉지. 아, 앉는 건 자네한테 고역이겠군. 그대로 있게." 닥터 프랑켄은 그를 수술대에 계속 엎드려 있게 한 후, 의자를 가까이 끌어와 거기에 앉았다. "내가 어쩌다 불법 의료 행위로 입에 풀칠이나 하면서 늙어 왔는지, 자네한테 그 배경에 대해 들려주고 싶군."

닥터 프랑켄이 영문으로 된 문서 하나를 그에게 내밀었다. "하버드 의대 졸업증명서였어. 프랑켄 박사가 1979년에 거길 졸업했다는 걸 증명하는 문서. 일단 문서상에는 분명히 그렇게 기록되어 있었어. 그리고 한때 로버트 화이트 박사 밑에서 연구 활동도 했다던데, 너 그 사람 알아?"

하버드 의대? 로버트 화이트? 풋, 이 대목에서 그만 웃음이 터지려는 걸 억지로 참았다. 노회한 영감탱이같으니라고. 이건 필시, 닥터 프랑켄이 고객을 공략하기 위해 나름대로 고심해서 지어낸 일종의 팩션일 것이다. 그래도 로버트 화이트를 조연으로 끌어들인 건 비교적 적절했던 것 같다. 로버트 화이트는 '프랑켄 원숭이'를 탄생시킨 사람으로 인간의 머리를 이식하는 연구를 추진했던 외과 의사였다. 프랑켄슈타인의 전설이 21세기 초에 현실이 될 것이라고 내다봤던 진정한 프랑켄슈타인의 후예라고나 할까.

닥터 프랑켄은 미국에서 돌아와 떠돌이 의사로 지내다 야매로 몰락하기까지의 과정을 들려주었다. 그러더니 잠시 말을 멈췄다가 의미심장한 눈길로 그에게 물었다.

"내가 왜 이런 얘길 자네한테 들려주는지 알겠나? 나는 지금 자네한테 한 가지 제안을 하고 있는 거라네."

"무슨…?"

"자네 꼬리, 그건 진짜가 아닌가?"

"네?"

"진정한 인간의 꼬리. 나도 몇 번 꼬리 제거 수술을 해 준 적이 있네만, 그것들은 다 가짜였어. 꼬리처럼 생기긴 했지만, 그저 물렁한 살덩이에 불과했단 말일세. 자네처럼 완전한 형태와 기능까지 갖춘 꼬린 첨이야. 이건 기적의 꼬리라네, 친구."

그는 겁먹은 얼굴로 엉거주춤 수술대에서 내려와 뒷걸음치며 외쳤다. "대체 제게 왜 이러시는 겁니까?"

닥터 프랑켄이 성큼 다가서며 간청했다. "오, 그러지 말고 내 말 좀 들어 보게. 부탁일세. 자네 꼬리를 연구해 보고 싶네. 내게 맡겨 주겠나? 내 남은 인생을 꼬리인간 연구에 바치고 싶네."

닥터 프랑켄의 광기에 놀란 그의 얼굴이 하얗게 질렸다. 그는 거대한 음모론의 수렁에 빠져 버린 듯한 기분이 들었다. 화를 내야 될 것 같은데, 그러지도 못했다. 그때 누군가가 갑자기 안으로 들이닥쳤다.

"안 돼, 오빠. 그거 나한테 줬잖아? 나한테도 권리가 있다구. 내 허락도 없이 꼬리를 자를 순 없어."

실로 절묘한 타이밍에 그녀가 닥터 프랑켄의 거처를 급습한 것이다. 그녀는 양팔을 들어 올린 자세로 버티고 선 채 닥터 프랑켄 앞을 막아섰다. 그 모습은 마치 온몸의 털을 쭈뼛 세우고 날카로운 송곳니를 위협적으로 드러내며 하악질을 해대는 길고양이처럼 보였다.

"당신 말야. 내 꼬리에 손끝이라도 대면 각오해. 지금까지 불법으로 의료 행위 한 거 경찰에 다 불어 버릴 테니까. 알아들어?" 닥터 프랑켄의 치명적인 약점을 정통으로 가격한 위협이었다.

"난 말이야, 그런 그녀가 싫지 않아. 오히려 사랑스러워 보일 때도 있어. 뭐랄까, 뭔가 위안받는 느낌이랄까, 뭐 그런 기분을 느끼게 해 주니까. 암튼 대단하지 않아? 그녀가 또 뭐라고 했는지 알아? "이건 100만 달러, 아니 1000만 달러가 될 수도 있는 꼬리야. 정말 모르겠어? 이런 바보들!" 그때까지도 난 그녀가 무슨 소릴 지껄이는지 전혀 몰랐어. 슬며시 프랑켄 박사를 쳐다봤어. 이게 대체 무슨 소린지 당신은 알겠어요? 그렇게 묻는 심정이었지. 그런데 프랑켄 박사가 입가에 빙그레한 미소를 그리고 있지 않겠어? 박사는 이미 내 꼬리를 확인한 순간부터 그녀의 계획을 머릿속에 떠올리고 있었던 것이지. 박사는 그 징그러운 얼굴 가득히 야릇한 미소를 띤 채 내게 고개를 끄덕여 보였어. 그제야 좀 알겠더군. 이거 잘하면 충분히 실현 가능성 있는 프로젝트가 될 수 있겠다는 예감이 들더라고. 우리 셋이 힘을 합치면 말이야. 수천만 달러, 아니 박사의 역량에 따라 수억 달러 프로젝트가 될 가능성도 있어. 그렇게 우리 팀이 꾸려진 거야."

그렇게 세 사람을 주축으로 한 거대하고 원대한 프로젝트 팀이 구성되었다. 그녀의 원래 계획안에는 사실 닥터 프랑켄이 빠져 있었다. 그녀는 우선 그를 설득한 다음, 인간 꼬리 연구에 관심을 가질 만한 생체공학 기업의 연구팀과 접촉해 가능성을 타진해 보고, 은밀하고 비밀스럽게 단계를 하나하나 밟아 올라갈 계획이었다. 그가 꼬리를 가졌다는 걸 좀 더 일찍 알았더라면 나도 꽤 쓸 만한 조력자가 될 수 있었을 텐데, 무척 아쉽고 안타까운 대목이다. 나는 모 제약회사에서 일하다 그만두고, 지금은 입시 학원에서 파트타임 강사로 일하며 대학원에 다니고 있다. 나의 미래는 물론이고 인류의 미래를 위해 확고한 비전을 제시할 수 있는 회사에 들어가 연구 활동을 펼치고 싶어서다.

닥터 프랑켄은 기업 투자를 받거나 연구팀을 꾸려 합작 연구를 추진하는 등의 일들을 자기가 맡아 처리하겠다고 나섰다. 국내 상황이 여의치 않으면 하버드 의대 시절부터 알고 지내던 연구자들의 지원을 얻어내 국제적인 프로젝트로 키울 수도 있다고 자신했다.

만약 이 야심 찬 프로젝트가 계획대로 진행되어 퇴화된 꼬리를 진화시킬 수 있는 기술을 개발해낸다면, 우리 인간 세상에 엄청난 충격파를 몰고 올 거라고, 나 역시 확신한다. 정말 그렇게만 된다면 말이다. 그가 꼬리를 성기처럼 활용해 생식기 하나만 있을 때보다 열 배 이상 강력하고 저릿저릿하며, 매혹적인 상상력까지 자극하는 섹스를 즐겨 왔다는 사실이 알려지면, 성의 혁명까지 불러올 가능성도 크다. 그는 침대에서의 꼬리 활용법도 연구할 계획이며, 다채로운 행위와 그에 따르는 감각 작용을 글과 영상으로 기록할 예정이라고 말했다. 물론 닥터 프랑켄의 지시에 따른 것이다.

꼬리, 특히 쥐 꼬리에 대한 거부 심리가 작용해 실용화 단계에 이르기까지 긴 시간이 소요될 수도 있겠다. 하지만 사람들의 호기심과 욕망을 잠재울 순 없을 것이다. 아, 그의 꼬리를 한 번이라도 본 사람들은 아마 단번에 매혹되고 말 것이다. 그러다 보면 사람들의 거부 심리도 차츰 누그러질 테고, 결국 우리는 꼬리인간의 세상을 맞이하게 되겠지. 꼬리의 형질이 뭐 그리 중요할까. 쥐, 고양이,

토끼, 하이에나, 여우… 어떤 꼬리든 그게 인간의 몸에 달려 있는 이상, 그 꼬리는 인간의 꼬리인 것이다. 우리는 결국 꼬리를 인간의 한 형질로 자연스럽게 받아들여야 할 것이다. 그래야 하지 않겠는가.

자, 여기까지가 내가 알고 있는 그의 쥐 꼬리 수난사이다. 사실 그가 내게 이 모든 사실을 털어놓은 것은 닥터 프랑켄을 만나고 온 다음 날이었다. 일단 끝까지 가 보기로 결정을 내렸으면서도, 그는 여전히 불안과 공포의 그림자를 완전히 떨쳐내진 못하고 있었다. 과연 자기가 옳은 선택을 한 것인지 혼란스러워하며 나더러 판단을 내려 보라고 요구했다. "네 생각은 어때? 어디 말해 봐. 너도 이쪽 분야에 대해 웬만큼 알고 있을 거 아냐? 제대로 된, 아니 잘한 선택일까? 어떻게 될 것 같아? 엉?"

나로선 그의 선택을 지지할 수도, 반대할 수도 없었고, 어떤 대답도 해 줄 수 없었다. 아직 내가 섣불리 판단을 내릴 만한 단계가 아니었다. 그의 얘기를 듣는 동안, 나는 그저 그놈의 꼬리를 한 번 보고 싶은 갈망에 온전히 사로잡혀 있었다. 정말이지 미치도록 그놈의 꼬리를 보고 싶었고, 잡아 보고 싶었고, 가능하다면 그를 실험실 침대에 눕혀 놓고 몇 가지 기능실험도 해 보고 싶었다.

"안 된다니까, 이 새끼가 자꾸…."

"아 형, 좀 보여줘요. 대체 어떤지 눈으로 봐야 판단을 내리든지 말든지 할 거 아냐?"

"너 이 새끼, 내가 한 말 다른 사람한테 하면 죽을 줄 알어."

"알았어요. 아무한테도 말 안 할 테니까, 제발 한 번만 보여 주라."

나는 한사코 꽁무니를 빼는 그에게 끈덕지게 매달린 끝에 내 눈으로 직접 문제의 꼬리를 확인하고야 말았다. 그가 엉거주춤하며 바지를 내렸을 때, 정말 그 안에 놈이 있었다. 팬티 끈에 볼품없이 매달린 꼬리 주머니는 초라하고 우스꽝스러웠지만, 그가 주머니 밖으로 꺼내 보여 준 꼬리는 환상적이었다.

"이런, 쥐새끼를 봤나!" 놈을 보자마자 나도 모르게 그만 이렇게 내뱉고 말았다.

"근데 이 새끼가! 그러지 않기로 했잖아!" 그가 버럭 화를 내며 나를 흘겨봤다.

나는 그의 엉덩이에 얼굴을 바짝 들이대며 말했다.
"잠깐만요, 형! 그게 아니라, 이거 의외로 탐나는 꼬리네
요."

맙소사! 정말 그랬다. 손으로 쓰다듬고 싶은 충동을
불러일으킬 만큼 앙증맞고 윤기 흐르는 털로 뒤덮인 꼬
리가 정확히 꽁무니뼈 부위에서 대롱거리고 있었다. 내
가 손을 뻗어 조심스레 꼬리를 쓰다듬자, 그가 꼬리로 내
얼굴을 후려쳤다. 완벽하게 기능이 살아 있는, 내 엉덩이
로 옮겨 이식해 보고 싶은 꼬리였다. 순간 척추를 타고 뻗
어 내린 강렬한 기운이 내 꼬리뼈에서 작열하는 듯한 기
분을 느꼈다는 사실도 고백해야겠다.

그 꼬리를 보고 난 뒤부터 꿈속에 쥐들이 출몰하기
시작했다. 해부학 실습을 할 때 척추에 붙은 꼬리를 쑥 뽑
아 죽이곤 했던 모르모트들, 천대하고 멸시하고 경멸했
던 그 쥐새끼들이 친숙한 느낌으로 다가오기 시작했으
며, 사랑스러워 보이기까지 했다.

그날 뒤로 일주일째 그와는 연락이 끊긴 상태다. 휴
대폰으로 전화를 걸자 없는 번호라는 메시지가 공허하
게 귓속을 울렸고, 이메일을 보내도 그대로 반송되었다.
그렇다면 닥터 프랑켄의 실험실도 다른 비밀스런 장소

로 옮겨졌을 게 뻔하다. "하, 이런 사랑스러운 쥐새끼를 봤나!" 새로이 마련한 실험실 침대 위에서 부끄러운 듯 수줍게 꼬리치는 놈을 바라보며 흡족해하는 닥터 프랑켄의 음성이 들리는 듯하다. 밤마다 침대에서 그와 그녀의 엽기발랄한 섹스가 질탕하게 펼쳐지고, 디지털 무비카메라를 든 닥터 프랑켄이 거친 숨을 씩씩거리며 그 장면을 찍고 있는 모습도 연상된다. 아하! 그러고 보니 파격적인 포르노 무비를 시리즈물로 제작할 수도 있겠군. 내친김에 그쪽 업계에서 새로운 활로를 모색하게 된다면, 두 사람 모두 포르노 스타로 거듭, 거듭날 수도 있겠다.

그가 만약 어떤 경로를 통해서든 이 글을 보게 된다면, 내게 다시 연락해 오리라고 기대하고 있다. 그런 기회가 오면 나는 닥터 프랑켄의 조수 노릇이라도 맡겨 달라고 간청해 볼 생각이다. 수상쩍은 닥터 프랑켄의 정체를 감안하면, 그 프로젝트가 사기극으로 치닫게 될 가능성도 다분하다. 하지만 도전해 볼 만하다고 나는 생각한다. 그처럼 악마적이고 흥미진진하고 도전적이고 모험적이며, 무한한 가능성까지 품고 있는 일을 언제 경험해 볼 수 있을 것이며, 이런 절호의 기회를 또 어디서 찾을 수 있겠는가 말이다.

나는 요즘 이상야릇한 기대를 품고 꼬리뼈를 자주 쓰다듬는 버릇을 거리낌 없이 즐기게 되었다. 내 꼬리뼈도 그만 잠에서 깨어났으면 하는 생각이 간절해지기도 하는데, 그럴 때마다 내가 왜 이러지? 하며 흠칫 놀라기도 한다.

이 글을 맺으며, 마지막으로 당신들의 꼬리뼈는 안녕히 주무시고 계신지, 넌지시 안부를 묻고 싶다.

랑고의 고백

공포! 저 털 없는 것들이 우릴 감금해 온 이유도 공포 때문 아닐까? 저것들이 악악대며 내지르는 소리가 사이렌처럼 앵앵거린다. "아아악!" "이를 어째!" "누가 좀 어떻게 해 봐!" "저러다 애 잡아먹히겠어." 미치겠군. 정말 그래 주길 바라는 건가? 더 끔찍한 스펙터클을 원하는 거야?

나도 안다. 내가 저 아이를 번쩍 들어 올려 애 엄마한테 인계하면 상황 끝이라는 거. 하지만 이를 어쩌나. 아직은 그럴 수가 없어. 내게도 상황이라는 게 있단 말이다. 맥스 말야, 맥스. 너희도 아까 봤잖아. 맥스 녀석이 저 아이에게 접근하려는 걸 간신히 말렸어. 맥스가 왜 저 아이를 손에 넣으려고 하겠어. 맙소사! 녀석은 저 털 없는 영장류 새끼를 인형처럼, 장난감처럼 갖고 놀고 싶은 거다. 그러다 지루해지면 가차 없이 팽개쳐 버릴 거야. 맥스에게 저 아이는 그저 한두 시간 갖고 놀기 좋은 생체장난감에 불과하니까. 어제도 쥐새끼 한 마리를 잡더니 30분 가까이 괴롭히다가 발로 밟아 죽였지. 납작해진 쥐의 사체를 내게 던지며 말했어. "받아, 대장. 간식이야." 장난인가 도발인가, 미심쩍어하며 쥐새끼를 맛있게 먹는 장면을 연기해 보여 줘야 했지. 비참한 기분이 들더군. 놈은 가슴팍을 두

드리며 왕처럼 포효했어.

아무튼 맥스 녀석의 호기심이 지루함으로 변질되고 결국 폭력으로 끝을 보기까지 30분도 채 걸리지 않았어. 그래 맞아. 맥스에게 저 아이는 한 마리 쥐새끼와 다를 바 없어.

그러니 이것들아! 너흰 아직 내가 왕의 지위를 차지하고 있단 걸 다행으로 여겨야 할 거야. 예전처럼 힘으로 다스리는 왕이 아니라, 노련함과 지혜로 간신히 지위를 유지하고 있지만, 그래도 왕은 왕이지. 명심해 맥스. 내가 이 자리를 물려주거나 네놈에게 탈취당하기 전까진, 넌 2인자에 머물러 있어야 한다.

하지만… 그거 알아? 맥스를 난폭하게 만든 것도 너희 털 없는 것들이야. 오래도록, 평생을 이 비좁은 우리에 갇혀 살아야 한다고 생각해 봐. 상상이라도 좀 해 보시라니까. 우린 가끔 분노를 표출할 출구가 필요해. 난동이라도 부리고 싶은 충동에 시달릴 때가 있다고. 그렇게라도 하지 않으면 우울증에 걸려 죽거나 미쳐 죽거나 동료에게 맞아 죽거나… 그런 게 우리 운명이다. 그러니 아가리 닥치란 말이다, 이 털 없는 것들아. 더 이상 맥스를 흥분시

켜선 안 돼!

저것 봐. 지금도 맥스가 우리 밖으로 고개를 내밀고 이 상황에 개입할 기회를 호시탐탐 노리고 있잖아. 너희들은 맥스한테 대가를 치러야 할 거다. 저 아이를 그냥 넘겨주진 않을 거란 말이다. 나더러 하라고? 안타깝게도 내겐 그럴 힘이 없어. 왕으로서의 권위와 위엄이 사라져 버린 초라한 왕… 그게 나랗고다.

나를 봐. 몸의 털이 가늘어지며 잿빛으로 변해 버렸고, 볼살은 늘어지고 어깨도 점점 내려앉고 있어. 내가 생명의 위협을 느끼며 간신히 지켜 온 한 줌 권력마저 조만간 맥스가 차지하게 되겠지. 자연스러운 일이야. 어쩌면 이 상황이 왕위 쟁탈의 시기를 앞당길 수도 있겠군.


"코드 투(Code Two), 고릴라." "코드 투(Code Two), 고릴라." 휴대용 무전기로 상황을 전파하는 사육사들의 사이렌이 동물원 전체로 펴져 가고 있어. 지금쯤이면 애나에게도 소식이 전해졌겠지. 내가 지금 애타게 기다리는 것도 그 순간이다. 애나와 재회하는 순간… 상상만으로도 가슴이 뛰는구나. 내 얘기를 들어 주고 이해해 줄 수 있는 유일한 사람. 애나만이 맥스의 감정을 조율할 수 있고, 애나만이 이 상황을 매끄럽게 정리할 수 있다. 지난 주까지만 해도 그녀가 우리 관리자였는데… 예고도 없이 코끼리 담당으로 옮겨 갔어. 담당자가 나이 지긋한 남성 사육사로 바뀐 걸 알고 맥스는 즉각 난동을 부렸지. 미키를 강간하고 루키의 머리를 짓밟고 어린 제니를 철창에 집어 던졌어. 다급히 달려온 수의사가 진정제 화살을 쏘지 않았다면, 나도 무사하지 못했을 거다.

여긴 그런 곳이야. 사소한 변화가 흥분을 유발하고 억눌려 있던 난동의 에너지를 격발하지. 언제든 끔찍한 상황이 벌어질 수 있는 조건이라고. 너희 관리자들은 이곳에서 벌어질 수 있는 비상사태를 세분화해 상황마다 각기 다른 코드 번호를 부여했지. 코드 원(Code One)은 우리가 너희 털 없는 자들의 영역으로 탈출한 상황, 코드 투는 너희 털 없는 것들 중 한 마리가 우리 영역을 침범한 경우다. 맞아, 이건 침범이야. 저 꼬마가 실수로 떨어진 거라고 해도 우리 입장에선 침범으로 받아들일 수밖에 없어. 우리 영역에 들어올 수 있는 털 없는 것들은 수의사나 사육사에 한정돼 있지 않은가. 낯선 뭔가가 우리 영역에 불쑥 들어서면 위협을 느낄 수밖에 없지. 그게 우리 유전자에 기록된 본능이니까. 너희들이 지금 악악대는 소리도 그 본능의 사이렌이라는 것쯤은 나도 안다.

"뭘 그리 꾸물거리는 거야, 대장! 얼른 저걸 건져 오라고. 심심한데 잘됐어. 놈들에게 본때를 보여 주는 거야. 우리가 누군지 똑똑히 보여 주자고. 이건 기회야, 기회!"

맥스가 재촉한다. 명령처럼 들리는 주문이다. 놈이 말하는 기회는 반란 또는 쿠데타의 기회일 수도 있다. 이제 이해하겠는가. 지금 내가 처한 딜레마를….

애나는 뭘 하느라 아직도 나타나지 않고 있는가. 하필 오늘이 비번이라 출근하지 않았으면 어쩌지? 만약 그렇다면… 저 아이에게 구원은 없을 것이다. 그리고 나는 점점 괴로운 선택의 상황으로 몰리고 있다.

어느 쪽이든 당장 행동을 취해야 할 때다. 먼저 해자 바닥에 주저앉아 우아앙 사이렌을 울려대고 있는 저 망할 놈의 새끼가 어떤 상태인지 알아봐야겠다. 너희들 공포의 사이렌이 저 아이를 감염시킨 게 분명해. 나는 안다. 저 아이는 실수로 해자 바닥에 떨어진 게 아냐. 엄마로 보이는 저 멍청한 여자가 방심했거나 방치한 사이, 스스로 난간을 넘어 해자 벽면을 타고 내려오다 저 지경이 된 걸

똑똑히 봤다니까.

저 아이가 흙탕물이 고여 있는 해자 바닥으로 추락할
때도 나는 폭포 옆 높다란 암석에 올라 너희 털 없는 것
들을 관람하고 있었지. 너희들이 우리를 관람하며 휴일
한때를 즐기듯, 우리는 너희를 관람하며 매일매일이 휴일
과 다름없는 무료한 감금의 시간을 견뎌낸다. 그렇게 휴
일 같은 하루하루가 지속되지만 우리에게 휴식이란 없
어. 노동 없는 휴식이 어디 있겠는가. 하여 나는 내가 아
직 왕의 지위를 확보하고 있음을 말해 주는 저 바위에 올
라, 노동의 시간을 상상하곤 해. 그 시간 속에서 이 지긋
지긋한 감금의 시간을 용케 견뎌 온 거다. 너희들이 절대
적인 규칙처럼 좇아가는 시곗바늘의 시간은 내게 아무
런 의미도 없고, 어떤 영향도 미치지 못한다. 나는 초 단
위로 흐르는 너희들의 시간을 축소하거나 확장하며 새로
운 시간을 창출할 수 있다. 어쩌면 내가 미쳐 버린 건지도
모르지. 75분의 1초의 찰나(刹那)를 1겁(劫)의 시간으로
확장하는 방법까지 터득했으니까. 시간이 길게 휘늘어지
며 공간도 함께 팽창하는 거다. 우주 팽창처럼 말이지. 미
칠 것 같은 감금의 시간 속에서 미치지 않기 위해 용쓰다

보니 구원처럼 그런 능력이 내게 찾아온 게 아닐까?

그래, 동물원이라는 곳에는 말이지, 여러 층위의 시간대가 공존하지. 해자 너머에는 너희 털 없는 것들의 시간대가 있고, 철창 안에는 감금의 시간이 엿가락처럼 늘어져 있는 거야. 불안정하고 예측 불가능한 시간, 우리 안 동물마다의 심장 박동과 호흡 패턴, 습성에 따라 각기 다른 리듬과 속도로 흘러가는 시간이지. 사육사들은 이 두 가지 시간대를 동시에 살아가는 별종들이야. 제대로 된 사육사라면 철창 안에 고인 감금의 시간을 공감할 수 있어야 해. 그런 점에서 애나야말로 최고의 사육사지. 적어도 애나에게선 아무런 경계도 찾을 수 없었어. 해자로 가로지른 너희 털 없는 것들과 우리의 경계. 그 경계가 너희들 공포의 근원이라는 걸 이제 그만 알아차릴 때도 된 것 같은데… 나는 절대 니들 맘대로 정한 경계 범위를 인정할 수 없어. 그래서 난 한 번도 해자에 발을 들여놓은 적이 없지. 그럴 필요도 없었어. 얼마든지 해자 너머 영겁의 시공간-애나와 내가 함께 창조한-으로 날아오를 수 있었으니까.

그랬는데… 끔찍하구나. 추악한 해자의 진탕에 두 발을 담가야 하다니.

맥스의 위협적인 재촉에 어쩔 수 없이 해자로 텀벙 뛰어든다. 격해지는 사이렌 소리. 털 없는 것들이 온몸으로 토해내는 공포 심리가 강물처럼 쏟아져 내린다. 공포의 강물이 해자를 범람하며 경계마저 지워 버린 순간, 또 다른 위협이 내게 닥쳤다. "안 돼, 랑고. 물러서. 우리로 돌아가!" 사육사 한 마리가 총을 겨누며 위협한다. 저건 마취 총이 아니다. 실탄이 장전된 진짜 총이 아닌가. 젠장! 뒤에선 맥스의 울부짖음이 위협하고, 앞에선 무장팀 사육사가 겨눈 총구가 금방이라도 불꽃을 뿜어낼 기세다. 그때 영겁의 시공간에서 뛰쳐나온 듯한 누군가의 목소리가 구원처럼 울린다.

"쏘지 마! 총 치워요. 랑고는 절대 아이를 해치지 않아. 저 아이를 구해 주려고 하는 거야."


애나, 나의 애나, 애나가 왔다. 카프카의 소설 「학술원에 드리는 보고」에 등장하는 침팬지 '빨간 피터'를 소개해 준 애나, 고릴라인 나도 저 해자의 경계를 넘어 새로운 진화의 가능성으로 나아갈 수 있다는 믿음을 갖게 해 준 애나, 내 무릎을 베고 누워 다니엘 퀸의 소설 『고릴라 이스마엘』을 읽어 준 애나-인간보다 뛰어난 지혜와 통찰

력을 습득한 뒤 인간의 스승으로 변신한 고릴라 이스마엘 얘기는 내 생애 최초로 고릴라로서의 자부심을 느끼게 해 주었다, 온갖 의상들로 알몸을 가리거나 치장하고 살아야 하는 털 없는 영장류의 부끄러움을 아는 사람, 내가 인간으로 인정할 수 있는 유일한 사람 애나… 어찌 그녀를 사랑하지 않을 수 있겠는가. 애나가 내게 "랑고 같은 남자와 결혼하고 싶어."라고 고백(?)했을 때 나는 가슴이 벅차오르면서도 어쩐지 좀 슬프고 우울했다.

애나가 총잡이 사육사 앞을 막아선 틈을 타 나는 성큼성큼 어린 침입자에게 다가간다. 내딛는 걸음걸음마다 느껴지는 묵중한 책임의 무게. 나는 이제 애나의 말을 증명해 보여야 한다. 더 이상 갈등은 없다. 지금 내게 애나의 믿음을 지켜 주는 것보다 중요한 건 없어. 저 아이를 너희들에게 넘겨주겠단 말이다.

내 심중을 알아차린 걸까? 맥스의 분노가 울부짖음으로 터져 나온다. 어느새 놈이 바닥을 쿵쿵 울리며 해자 근처로 접근해 온다. "왜 이리 시간을 끄는 거지? 자신 없음 나한테 맡겨. 대장은 너무 물러 터져서 탈이야. 루키,

미키, 제니도 같은 생각이야."

모두 같은 생각이라고? 이건 반란인가 쿠데타인가. 반
란이든 쿠데타든 네놈이 주도했겠지.

"설마 애나 저년 말대로 하려는 건 아니겠지?"

맥스가 쏜 의심의 화살이 내 심중을 관통한다. '이스
마엘' 선생이라면 이럴 때 어떻게 할까? 순간 기발한 아이
디어가 한 줄기 빛처럼 내 상상의 시공간에 스민다.

"맥스, 이렇게 하면 어떨까?"

"어떻게?"

"저 멍청한 애새낀 그만 돌려주자."

"아무런 대가도 없이? 그건 안 되지."

"대신 사육사를 애나로 바꿔 달라고 하는 거야. 애나
와 교환하는 거지. 어때?"

맥스 녀석, 곰곰이 생각에 잠긴 표정이군. 이번엔 내
화살이 녀석의 의식을 관통한 거다. 놈도 애나를 욕망하
고 있으니까. 네놈이 나와 애나의 교감을 시기하고 질투
하며 파괴하고 싶어 하는 이유, 나를 왕의 지위에서 끌어
내리려고 하는 결정적인 이유겠지.

"그러게 왜 그런 수상한 짓거리를 했냐고? 대장이 한
짓 땜에 다른 사육사로 교체된 거잖아?" 맥스가 눈을 부

라리며 말한다.

"우린 그냥 잠시 끌어안고 있었을 뿐이라고. 오해라니까. 장난치다 그런 일이 벌어진 거야."

"불장난이겠지⋯. 뭐 좋아. 나도 애나가 와 주면 좋지. 근데 한 가지 조건이 더 있어."

"뭔데?"

"대장은 그만 내려오시지. 이제 꼭대기는 내 자리야."

예감이 들어맞았다. 맥스가 암석 꼭대기에 오르는 순간 권력은 자연스레 놈에게 넘어가게 될 것이다. 나는 이제 굴욕의 시간을 감내하며 맥스에게 '빨간 피터의 고백'을 들려주고, '고릴라 이스마엘'의 지혜도 전수해야 할 것이다. 그렇게 우리도 저 꼴같잖은 것들 이상의 존재로 진화해 갈 수 있을 거라고 상상이라도 해 보지 않겠나, 맥스. 그런 상상이 결국 우리를 이 치욕적인 감금의 시간에서 건져 올릴 거라고 믿어 보지 않겠나, 맥스 맥스⋯.


"좋아, 맥스. 그렇게 할게." 내가 너무 쉽게 수락해 버리자 녀석은 그 점이 좀 걸리는 눈치다. "어차피 그러려고 했어. 그러니 넌 그만 우리로 돌아가." 왕으로서 내리는 마지막 명령. 하지만 놈은 단번에 거부해 버린다.

"아니, 여기서 지켜볼 거야."

"물러서라니까! 꼭대기에 한 번 올라 보지도 못하고 총에 맞아 죽고 싶어? 저건 진짜 총이야."

때마침 총잡이가 애나를 제치고 앞으로 나서며 맥스의 가슴팍을 겨냥한다. 맥스가 꽁무니를 빼고 물러나더니 그토록 오르고자 했던 암석 꼭대기에 자리를 잡고 앉는다. 그러자 총구가 다시 내게로 향한다. 애나가 제지하고 나선다.

"제발, 랑고에게 기회를 줘요. 제가 보증할게요."

일순 해자에 미심쩍고 불안한 유예의 시간이 흐르기 시작했다. 공포의 사이렌이 잦아들고, 그 자리에 비극적 결말과 해피엔딩이 교차하는 긴장이 차오른다. 살 떨리는 정적! 이 모든 게 내 손에 달려 있다니⋯. 나는 흥분과 긴장을 억누르며 아이를 향해 걸음을 옮긴다.

다행히 아이는 무사한 것 같다. 다들 안심하라고. 팔뚝과 턱에 가벼운 찰과상을 입었을 뿐이야. 나는 바닥에 앉아 아이와 눈을 맞춘다. 아이가 말똥한 눈길로 나를 쳐다본다. "네 이놈! 어쩌자고 이런 무모한 짓을 한 게냐?" 아이의 눈동자에서 불안과 호기심의 강물이 찰랑거린다. 경계 너머 미지의 존재를 향한 천진한 호기심이 이 아이에게 경계를 넘어가 보라고 부추겼을 것이다. "너 몇 살이지?" 녀석이 오른손을 쫙 펴서 보여 준다. 다섯 살이란 말일까? 아이가 손을 쭉 뻗어 내 코를 만진다. 녀석이 또 한 번 경계를 넘어 버린 것이다. 털 없는 동물과 털투성이 동물의 경계. 아이가 집게손가락으로 내 콧구멍을 후비며 신기해한다. 나는 가려움을 참으며 털 고르기 해 주듯 아이의 머리카락을 만진다. 고요, 정적, 평화가 깃드는 시간… 이런 게 바로 내가 꿈꾸는 시간이지. 아, 이 아이와 함께 내 상상의 시공간으로 더 깊숙이 들어가 보면 어떨까? 맥스에게, 그리고 저 털 없는 것들에게 보여 주고 싶은 세상의 풍경 속으로. 털 없는 존재와 온몸이 털로 뒤덮인 내가 아무런 경계 없이 자유로이 뛰노는 장면은 상상 속에서나 가능한 일이지. 그게 가능할 수 있다는 걸 보여 주는 거다. 이번엔 내가 이 아이처럼 경계를 넘어 보는 거다. "아이야, 우리 같이 놀아 볼까?"

나는 아이의 손을 잡고 치달리며 해자의 물길을 가르고 가른다. 까르륵, 까륵, 아이가 웃음을 터뜨리는 것 같은데….

웬걸! 뭔가 잘못되었다. 날카로운 비명이 곳곳에서 터지고 있지 않은가. 선득한 느낌에 히뜩 뒤돌아보자, 총잡이의 총이 불을 뿜는다. 오호라, 내 최후의 순간, 탈옥의 순간이로구나, 탈옥! 그렇다면 이대로 끝낼 순 없지. 저 총알의 발사 속도를 늦추고 나만의 시공간으로 달려가자. 나의 고향(사실 난 동물원에서 태어났어. 하지만 이런 곳을 고향이라고 할 순 없잖아), 서아프리카의 어느 해안이 눈 앞에 펼쳐지고 있어. 나는 그 황금빛 해안 너머 밀림 속으로 유유히 걸어 들어간다네. 다행이야, 삶의 절정에서 죽음을 맞을 수 있어서.

총알의 불꽃이 내 심장을 파열하기 직전, 나도 마지막 불꽃을 피워올린다.


"내 사랑 애나, 안녕! 우리 영겁의 시공간에서 언젠가 운명적인 인연으로 맺어질 때까지…"

집행자들

이건 제 얘기일 수도 있고, 아닐 수도 있습니다. 이젠 기억도 희미하고, 어쩔 수 없이, 저도 모르게 조금씩 윤색하거나 군데군데 과장해서 말하는 부분도 있을 테니까요.

아, 알겠습니다. 솔직해져야겠지요. 어차피 가면을 벗어 보이려고 왔으니까요. 부디 도와주십시오. 제가 맨얼굴의 진실을 속 시원히 털어놓을 수 있도록.

때는 1975년, 무대는 어느 시골집입니다. 유신헌법, 긴급조치의 시대였다죠. 인혁당 사법살인이 자행되고 장준하라는 사람이 의문사했다고도 합디다. 그런 거대한 시대 흐름과는 전혀 관련이 없습니다만… 아무튼 그랬던 시절의 얘기입니다.

일곱 살 먹은 한 소년이 있습니다. 음… 이놈이 당시에 무슨 짓을 했는지, 먼저 그 실상을 선생님께 보여 드릴 필요가 있을 것 같네요.

자, 깜깜한 밤입니다. 소년은 노인네와 함께 안방에 누워 있습니다. 네? 그냥 노인네입니다. 그리고 옆방에는 한 여자가 갇혀 있습니다. 미친 여자입니다. 당시만 해도 거리를 떠도는 미친 자들을 흔히 볼 수 있었지요. 그런 사람들을 치료하고 돌봐 줄 의사나 적절한 수용 시설이 별로 없었던 때였으니까요. 아무튼 그 여자의 울부짖음이 어둠을 흔들어 깨우고 있습니다. 연신 터지는 광포한 울부짖음이 밤의 고요와 적막을 갈가리 찢어발기지요. 그러면 어둠도 서서히 미쳐 간답니다. 광기에 전염된 어둠은 불온하고 음습하지요. 그 어둠의 숨결에는 사람을 짐승으로 변하게 하는 마력이 숨어 있어요.

한번 상상해 보시겠어요? 옆방 미친 여자가 수백, 수천 마리의 뱀으로 몸을 바꿔 벽을 타고 넘어와 소년의 이불 속으로 기어듭니다. 그러면 소년도 뱀으로 변신합니다. 뱀이 되어, 뱀들과 한데 뒤엉켜 물어뜯고 뜯기며 사투를 벌이지요. 소년은 한 마리 쥐가 될 수도 있습니다. 지렁이로 변할 줄도 알지요. 올빼미가 되어 어둔 하늘로 날아오른 적도 있다니까요. 모두 어둠이 지닌 마력 때문이랍니다. 소년은 어느새 어둠의 광기에 감염되고 만 거예요. 그 당시, 어둠은 소년의 지배자이면서 보호자나 마찬가지였습니다.

(할머니에 빙의된 듯) 쳐 죽일 년! 하루도 편히 잠들 날이 없구나. 잠든 줄 알았던 노인네가 성마른 소리로 말합니다. 소년은 잠든 척, 숨을 죽이지요. 노인네가 앙상한 손을 뻗어 소년의 어깨를 잡아 흔듭니다. 소년으로선 노인

네의 손길이 암시하는 명령을 거역할 수 없었어요. 거부하면 째지는 목소리로 욕설을 퍼붓고, 계속 거부했다간 다듬잇방망이로 죽도록 맞다가 쫓겨나야 했으니까요.

할 수 없이 소년은 손등으로 눈을 비비며 자리에서 일어납니다. 방문을 열고 나서자 환한 달빛에 눈이 부실 지경이었습니다. 별들도 총총했어요. 그래서 더욱 화가 치밀었지요. 미친 짐승의 포효가 조금 잦아들더군요. 숨넘어갈 듯한 흐느낌이 이어집니다. 소년은 옆방 문 앞에 세워 둔 기다란 대나무 막대기를 짜증스레 치켜들었습니다. 그리고 왈칵 방문을 엽니다. 여자의 흐느낌 소리가 뚝, 그쳤습니다. 매번 그랬습니다. 정말 환장할 노릇이었지요. 막대기를 단단하게 움켜쥔 소년의 손아귀에서 저절로 힘이 풀려 나갔습니다.

바투 세운 무릎에 얼굴을 묻고 앉아 있는 여자의 형체가 희끄무레하게 보입니다. 필사적인 몸부림, 처절한 울부짖음의 자취는 온데간데없었지요. 죽은 듯이 고요했습니다. 누군가 문만 열면 여자는 순종하는 노예, 풀죽은 죄수가 되고 말았으니까요.

이 병동에도 그리운 독방이 있겠지요?

예. 이상하게 들리시겠지만, 가끔은 그리워요 그 방….

(멍한 눈길로 침묵)

　여자가 수감된 그 방은 감옥의 독방이나 다름없었습니다. 그리고 여자의 잠자리는 일종의 형틀이었지요. 누우면 다리가 닿는 지점에 굵다란 통나무가 대못에 박혀 고정되어 있고, 거기에 쇠사슬이 연결되어 있었어요. 그리고 쇠사슬은 여자의 발에 차인 족쇄와 연결되어 있었습니다. 여자가 몸을 움직일 때마다 쇳소리가 절컥거렸어요. 두 손은 철사 몇 가닥을 배배 꼬아 만든 줄에 친친 감겨 있었구요.

　맞습니다. 눕거나 앉고, 무릎을 세우고 앉아 밥을 먹고, 가려운 데를 긁고, 간신히 요강에 앉아 대소변을 볼 수 있을 정도의 동작만 허용된 원시적인 형틀에 1년 가까이 묶여 지내 온 여자. 산발한 머리, 핏기라곤 없이 검누렇게 변해 버린 낯빛, 걸레처럼 너덜너덜 찢겨 나간 치맛자락, 손톱으로 마구 할퀴고 쥐와 벌레에 물려 어디 한 군데 성한 구석이라곤 없는 몸뚱이를 지닌 여자. 그 여자가 바로 소년의 어머니였어요.

　이 미친년아(울분 스민 목소리로 호통)! 소년이 냅다 소리치며 막대기를 휘두릅니다. 통나무에 맞은 막대기의 울림이 방 안을 진동시키고, 고스란히 손으로 전해져 온

몸을 후들거리게 했습니다. 여자가 움찔하며 슬며시 고개를 들었지요. 소년을 물끄러미 바라보는 듯했어요. 뭔가 묻고 있는 것 같기도, 무언가 할 말이 있는 것 같기도 한 얼굴이었어요.

물론 어두웠지만, 그쯤은 본능적으로 알아차리게 되는 거 아닌가요? 소년은 그 표정을 애써 외면해 버립니다. 다시 막대기를 곧추세우고, 이번에는 여자를 직접 겨냥합니다. 일순 여자의 두 눈이 예리하게 번뜩였어요. 아, 그 눈동자, 펄펄 살아 있는 그 눈빛만 보면 소년은 그만 팩 돌아 버리곤 했어요. 소년이 정신없이 여자를 후려칩니다. 있는 힘껏, 사정없이! 여자는 곧바로 달팽이처럼 움츠러들었어요. 그 자세로 묵묵히 매질을 감수하며 신음을 삼켜댔어요. 그럴 때의 여자는 모든 걸 놓아 버린 사람 같았습니다. 한 달 전만 해도 소년이 막대기를 겨누면 금방이라도 덮쳐 올 듯 으르렁거리던 여자였는데 말입니다.

(의사의 권유로 잠시 휴식)

예, 선생님. 안방 노인네가 여자의 시어머니 맞습니다. 소년이 한바탕 매질을 마치고 돌아오면, 그 노인네가 애

썼다, 하면서 손을 내뻗어 소년을 가슴으로 바짝 끌어당겼어요. 등을 몇 번 토닥이다가 소년의 손을 잡아 이끌어 자기 가슴에 얹어 놓았지요. 귀찮고 어려운 일을 수행하고 온 손자를 격려하는 노인네 나름의 방식이었던 것 같습니다. 소년은 노인네의 쪼그라든 젖가슴을 조몰락거립니다. 어느새 손에 힘이 들어가고, 노인네가 아픔을 호소합니다. 아야, 이놈아 살살 만져(자지러드는 할머니 목소리). 그러면서도 노인네는 저고리를 풀어 헤치고, 소년의 상기된 얼굴을 젖가슴에 뭉갤 듯 밀착시켰습니다. 소년은 노인네의 가슴과 겨드랑이, 입과 머리카락에서 죽음의 냄새를 맡곤 했지요. 소년은 알고 있었습니다. 앞으로 노인네가 살날도 얼마 안 남았음을…. 소년은 건포도처럼 짜부라진 노인네의 젖꼭지를 입에 물었습니다. 조금은 충동적으로 그랬을 거란 생각도 듭니다. 노인네의 젖꼭지에서는 역한 냄새가 났어요. 소년은 얼굴을 잔뜩 찡그리며, 잘 익은 과일들을 연상했습니다. 복숭아, 자두, 사과, 딸기, 청포도… 뭐든 상관없었습니다. 그러면 말라비틀어진 노인네의 몸에 생기가 돌며 나무처럼 가지가 뻗어 나오고, 꽃이 피고 벌과 나비들이 날아들더니 어느새 열매를 맺곤 했어요. 척박했던 노인네의 과수원에 과일들이

풍성하게 열리는 겁니다. 황홀했습니다. 소년은 그 황홀 경 속에서 향기롭고 달콤한 과즙을 빨아 삼킵니다. 하하, 그렇게 긴장하실 것 없습니다. 변태적으로 보일 수 있다 는 거, 저도 알고 있습니다.

그러고 있다 보면, 다시금 짐승의 소리가 벽을 타고 넘 어왔습니다. 노인네는 다시 소년을 닦달하기 시작합니다. 저 웬수 같은 년! 또 시작이구나. 애야, 가서 저년 입 좀 다 물게 해라. 소년은 끙, 하며 신경질적으로 자리를 박차고 일어섭니다. 속으로 웅얼거리며 이렇게 주문을 외우죠. 저 미친 여자는 구렁이다. 한 마리 쥐다. 그러면서 소년은 자기도 모르게 야옹, 울어대며 방문을 열고 나가는 겁니 다.

모든 문제의 발단이 된 한 사건이 있었습니다. 그 일 이 터진 날, 집 안은 여느 때와 다름없이 고적했습니다. 아 버지는 집에 없었습니다. 읍내에서 양조장을 운영하느라 자주 집을 비웠어요. 여자는 안방에서 뜨개질을 하고 있 습니다. 소년은 그 옆에 누워 지친 듯 늘어져 있었지요. 그 러다 콧노래를 흥얼거려 봅니다. 너무도 무료했거든요. 여 자가 손놀림을 멈추고 소년을 가만히 내려다봤습니다.

여자의 입가에 쓸쓸한 미소가 스치듯 지나갔습니다. 여자는 지나치다 싶게 말이 없었습니다. 소리 내어 웃는 걸 본 적도 없었어요. 항상 거리감이 느껴졌지만, 그래도 소년은 그런 여자를 싫어하진 않았습니다. 그렇다고 좋아할 수도 없었어요. 약간 두려워했던 것 같습니다. 문득, 의문이 스쳐 가기도 했지요. 무슨 말 못 할 비밀이라도 간직한 사람처럼 보였거든요.

아, 당시 그 노인네는 옆방에 있었습니다. 담뱃대를 입에 물고 연방 빼끔거리고 있었을 겁니다. 놈들이 들이닥친 것은 바로 그런 때였어요.

그들이 문을 열고 들어섰을 때, 고요하고 잔잔하던 분위기가 일순 경직되어 버렸습니다. 그쯤은 소년도 분명하게 감지할 수 있었어요. 여자가 놀라 나자빠지더니 뜨개바늘 쥔 손을 부들부들 떨어댔으니까요. 누, 누구세요? 새파랗게 질린 여자의 입술이 파르르 떨렸습니다. 소년은 어리둥절한 눈길로 여자와 놈들을 번갈아 쳐다보았습니다.

두 놈 다 얼굴에 검정 스타킹을 덮어썼더군요. 그래서 얼굴의 도드라진 특징이나 전체적인 인상 같은 건 파악하기 힘들었어요. 놈들이 무슨 옷을 입었으며 말투가 어땠는지도 이제 기억나지 않습니다. 한 놈은 키가 크고 날렵한 몸매에 팔다리가 길었어요. 그놈은 칼을 움켜쥐고 있었죠. 다른 한 놈은 상대적으로 키가 무척 작아 보였습니다. 몸도 둔해 보일 정도로 통통했어요. 그런데 어디서 구했는지 이 작달막한 사내가 수류탄을 들고 있는 겁니다. 소년의 관심은 온통 그 수류탄에 쏠려 있었어요. 수류탄을 직접 본 것은 그때가 처음이었습니다. 6·25 전쟁 당시에나 쓰였을 법한 세열 수류탄이었는데, 그게 살상용 무기라는 생각은 들지 않았어요.

아 물론이죠. 놈이 방에 들어서자마자 안전핀을 뽑아 보였어요. 안전 손잡이가 튕겨 나가고 5초 정도 지나면 꽝, 터지는 거죠. 예. 진짜 수류탄이었던 것 같습니다. 안전핀을 뽑는 순간 놈의 표정에 긴장이 스미고, 손을 약간 떠는 것 같았거든요. 그게 장식용 모조품이었다면, 놈의 연기력이 대단하다고 봐야겠지요. 하지만 소년의 눈엔 어른들이 심심풀이로 갖고 노는 장난감처럼 보였어요. 떼를 써서라도 손에 넣고 싶단 충동이 솟구칠 정도였지요. 그래서인지 놈들이 전혀 두렵지 않았습니다. 그냥 좀 짓궂은 어른들처럼 보일 뿐이었어요. 키다리가 들고 설치는 칼조차 그리 위협적으로 보이지 않았어요.

그런데 그게 아니었던 겁니다. 강도였어요. 키다리가 여자의 목에 칼을 들이댔을 때 소년은 비로소 사태를 대강 알아차렸어요. 둘 중, 리더는 통통한 사내였던 것 같아요. 놈이 말했습니다. 꼬마야, 너 노래 잘하더구나. 이번에는 숫자 세기 놀이 할까? 100까지 셀 줄 알지? 놈은 침착했습니다. 별로 서두르는 기색도 없었어요. 여자가 눈빛으로 말했습니다. 말 들으라고. 수상쩍은 기운을 감지한 노인네가 안방으로 건너온 것은 바로 그때였습니다. 이놈들아, 무슨 짓이냐? 발작하듯 부르짖는 노인네의 두 눈에 불이 켜진 것 같았습니다. 강단 있는 노인네였어요. 하지만 수류탄을 보곤 금방 겁에 질리고 말더군요. 키 작은 놈이 왼팔로 노인네의 목을 휘감았습니다. 노인네가 심하게 버둥거렸어요. 수류탄에서 멀어지려고 애쓰는 것처럼 보이더군요. 놈이 성가시다는 듯 노인네를 패대기쳤습니다. 자제력을 잃고 만 거죠. 노인네는 그대로 팩 쓰러지고 말았어요. 기절이라도 한 듯 아무런 움직임도 없었습니다.

놈들은 장롱을 열더니 이불을 모두 꺼냈습니다. 그러더니 여자만 남겨 놓고, 소년과 노인네를 이불로 덮어씌우더군요. 예행연습이라도 하고 온 듯했어요. 자, 꼬마야!

숫자놀이나 계속해 볼까? 수류탄 사내의 목소리가 들렸습니다. 하지만 도저히 소리를 낼 수 없었어요.

놈들이 노린 것은 바로 금고였습니다. 비밀번호를 대라며 여자를 위협하는 소리가 들렸어요.

그래요. 금고가 있었습니다. 그런 시골에는 전혀 어울리지 않는 물건이지만, 어쨌든 아버지가 사업을 하고 있었으니까요. 중요한 서류나 돈을 넣어 두는 금고였어요. 다이얼을 돌려 가며 숫자 세 개를 눈금에 맞추면 열리는 금고였는데, 그 안에 평소보다 많은 돈이 쌓여 있었다고 해요. 그걸 노리고 침입한 것이죠. 아버지는 양조장을 정리하고 인근 도시에 나가 방적 공장을 세울 계획이었답니다. 섬유산업은 당시 정부가 전략적으로 성장을 주도했던 수출산업 분야였죠. 그래서 양조장을 다른 사람한테 넘기고 받은 돈과, 다른 사람들에게서 투자받은 돈을 거기에 임시로 보관하고 있었던 겁니다. 정말 어리석은 짓이죠.

이윽고, 금고가 열리고 말았습니다. 계속 모른다고 버텼지만, 여자는 결국 놈들의 위협에 굴복하고 만 겁니다. 그럴 수밖에 없는 상황이었다고 생각합니다. 물론 좀 더 현명하게 대처했다면 금고를 지킬 수도 있었겠지요. 하지

만 그런 기지는 아무나 발휘할 수 있는 게 아니죠. 소년은
놈들이 얼른 돈을 챙겨 꺼져 주기만 바라고 있었습니다.
놈들만 사라져 주면, 아무 일 없었던 듯 다시 이전으로
돌아갈 수 있을 줄 알았습니다. 그깟 돈뭉치 몇 다발 강탈
당했다고 해서 집안이 와르르 무너지는 재앙이 닥칠 거
라곤 정말 꿈에도 몰랐으니까요.

그런데 무슨 일인지 놈들이 돈을 자루에 쓸어 담고
도 계속 머뭇거리는 게 아닙니까? 숨이 막혀 왔습니다. 온
몸이 땀에 흠뻑 젖어 버렸어요. 여자가 제발, 제발… 애원
하는 소리가 들렸습니다. 놈들이 뭔가 엄청난 일을 저지
르려고 하는 게 분명했습니다. 무언가로 여자의 입을 틀
어막는 것 같았습니다. 더 이상 견딜 수 없었습니다. 그대
로 있어선 안 된다는 생각이 들었어요. 망할 호기심 때문
이었는지도 모르겠습니다. 소년은 천천히 이불을 들어 올
렸습니다.

아, 그냥 잠자코 이불 속에 있어야 했는데… 놈들과
여자가 한 덩어리로 뒤엉켜 있는 장면이 희미하게 보였습
니다. 여자의 머리는 키다리의 무릎에 얹혀 있었고, 두 다
리는 수류탄 사내의 어깨에 걸쳐져 있었습니다. 입은 실
뭉당이로 막혀 있고, 옷섶은 풀려 나가고, 내의는 칼에 찢

겨 나가 있었어요. 키다리는 여자의 두 손을 모아 틀어쥐고, 다른 손으로 칼을 흔들어대며 히죽 웃고 있는 듯 보였습니다. 바지를 무릎까지 벗어 내린 수류탄 사내는 엉거주춤한 자세로 막 그 짓을 벌이려는 찰나였어요. 소년은 그 사내의 행위가 무엇을 의미하는지 어렴풋이 알 수 있었습니다. 훤히 드러난 여자의 젖가슴, 사내의 등을 타고 힘없이 늘어뜨려진 다리와 허벅지, 엉덩이가 차례로 보였습니다. 순간 여자가 번쩍 눈을 치켜떴고, 소년과 눈길을 마주치고 말았습니다. 그 당혹해하는 눈빛이라니….

여자가 안간힘 쓰며 몸부림치기 시작했습니다. 칼이 여자의 목에 스치듯 스미고, 검붉은 피가 주르르 흘러내렸습니다. 아찔했습니다. 당황한 키다리가 여자의 손을 놓쳤습니다. 여자는 곧장 입에서 실뭉당이를 빼냈어요. 그러고는 비명인지 울음인지 모를 소리를 발악하듯 토해냈습니다. 동시에 소년이 울음을 터뜨렸습니다. 예상치 못했던 상황에 놈들도 크게 놀란 눈치였어요. 키다리가 서둘러 이불자락으로 여자의 입을 막았습니다. 수류탄 사내가 벌떡 몸을 일으켜 세웠습니다. 그러자 단단하게 발기한 놈의 짧고 뭉툭한 좆이 눈을 아프게 찔러 왔습니다. 그걸 확 비틀어 잡아 뽑아 버리고 싶었습니다. 키다리의 칼을 빼앗아 그 검은 살덩이를 싹둑 잘라 버리고 싶었습니다. 놈이 다급히 바지를 추키더니 소년의 머리통을 발로 걷어찼습니다. 소년은 이불 위로 쓰러지면서도 놈의 좆을 노려봤습니다. 놈들이 여자와 소년을 발로 걷어차며 이불 속으로 굴려 넣었습니다.

방문이 벌컥 열렸어요. 놈들이 후다닥 달아나는 소리가 들렸습니다. 놈들은 그렇게, 순식간에 사라져 버렸어요. 좆같은 놈들! 개자식들! 마을 사람들 중 아무도 그 개자식들을 본 사람이 없었답니다. 어떻게 그렇게 감쪽같이 사라져 버릴 수 있었는지, 이 또한 의문입니다. 나중에는, 동네 사람들 모두가 그 일을 공모했던 게 아닐까 하는 의심마저 들었어요.

그 뒤로 집 안에 수류탄이 터진 것 같은 상황이 연이어 벌어졌지요. 아버지는 행방불명되었고, 여자는 서서히 미쳐 갔어요.

그렇습니다. 그 뒤론 그 작자를 보지 못했어요. 편지나 전화 한 통 받아 본 적도 없고. 완벽하게 사라져 버린 겁니다.

아, 그렇진 않을 겁니다. 단지 그 충격 때문에 여자가 돌아 버린 건 아니라고 봐요. 그 여자를 결정적으로 무너

뜨린 건… 노인네였습니다. 다시 그때 현장으로 돌아가
보겠습니다.

놈들이 사라지고 나서야 노인네가 깨어났습니다. 여
자는 그때까지 넋을 놓고 있었어요. 목에서 계속 피가 흘
러나왔고, 벗겨지고 찢겨 나간 옷도 채 수습하지 못한 상
황이었어요. 아이고, 이를 어쩌나. 망했구나. 금고부터 확
인한 노인네가 털썩 주저앉으며 울부짖었습니다. 그러던
노인네의 눈길이 적나라하게 노출된 여자의 몸으로 날아
가 꽂혔습니다. 이런 죽일 년! 노인네가 고양이처럼 날렵
하게 여자를 덮쳤습니다. (할머니처럼 헐떡이며) 네 이년,
그놈들하고 붙어먹었구나. 여자의 머리카락을 쥐어뜯으
며 죽일 듯이 몰아붙였습니다. 미친 년! 금고도 네년이 열
어 줬지? 그놈들을 집으로 불러들인 것도 너지? 그놈들하
고 작당한 거 맞지? 어서 말 못 해! (잠시 호흡 가라앉히고)
여자는 아무런 말도 하지 못했습니다. 황당하고 억울한
표정이었습니다. 소년도 마찬가지였습니다.

노인네의 의심은 점점 부풀어 올라 확신으로 굳어졌
습니다. 의심이 의심을 낳으며 소문을 빚어내고 정교한
음모론으로 다듬어져 가더군요. 물론 그 소문과 음모의
중심에 여자가 자리하고 있었고, 놈들이 조연으로 등장

했습니다. 동네 사람들도 노인네가 의도적으로 퍼뜨리는 말에 감응하기 시작했습니다. 여자는 바람난 년, 공범으로 몰렸다가 흘레붙은 년으로 손가락질 받기도 하며, 이리 뜯기고 저리 뜯겼습니다. 소년도 여자가 의심스러울 정도였어요. 그때 소년의 눈에 비친 여자는 추해 보였습니다. 더 이상 예쁘지도, 비밀스러워 보이지도 않았어요.

여자의 수난은 거기서 그치지 않았습니다. 매일처럼 빚쟁이들이 찾아와 난동을 부렸어요.

노인네요? 저년이 빼돌렸다. 그러니 저년한테 받아내라, 하고는 자리를 피해 버렸어요. 노인네는 빚쟁이들의 먹잇감으로 내줄 희생양이 한 사람 필요했던 게 아닌가, 하는 생각이 들어요. 할 수 없이 여자 혼자서 빚쟁이들의 패악을 감내해야 했습니다. 사기꾼 남편은 어디로 도망쳤냐? 돈을 다른 데로 빼돌린 거 아니냐? 어서 대라. 당신은 알고 있지 않으냐? 마구잡이로 몰아대며 머리끄덩이를 잡아 마당으로 팽개치고 옷을 잡아 뜯고 얼굴을 할퀴고 심지어 추행까지 일삼는 자도 있었어요. 돈, 돈, 돈, 돌고 돌다가 금고에서 잠시 멈춰 있던 그 돈 때문에 다들 돌아 버린 겁니다. 다들 미쳐 버린 거예요.

급기야 여자도 집을 나가고 말았어요.

아니, 가출은 아니었습니다. 며칠 동안 어딘가를 떠돌다 집에 들어와선 종일 자고 일어나 다시 나가곤 했습니다. 차라리 아예 가출을 해 버렸다면 뭔가 달라졌겠죠. 그때부터 어딘가 좀 이상하다 싶은 생각이 들기 시작하더군요. 일상적으로 해 오던 일을 전혀 하지 않았어요. 머리도 안 감고 세수도 하지 않았습니다. 맥없이 앉아 혜실혜실 웃는가 하면 알 수 없는 소리를 정신없이 늘어놓곤 했죠. 가만히 들어 보면, 완전히 횡설수설이었어요. 그런데다 여자는 집을 나갈 때면 꼭 소년을 데리고 가려 했어요. 노인네가 그걸 필사적으로 막았습니다. 그러자 노인네에게 대들기 시작하더군요. 더 이상 당하고만 있진 않았어요. 내 아들이다. 니가 뭘 상관이냐? 이런 미친 년 봐라. 이젠 시어미도 몰라보는구나. 그러다 엉겨 붙게 되고, 아이구, 이년이 사람 죽이네, 하며 노인네가 자지러지면 동네 사람들이 달려왔습니다. 여자는 부엌칼이나 낫을 들고 와서 마구 휘저어댔습니다. 어느 누구도 감히 여자를 건드리거나 제지하지 못했습니다.

여자가 마을에 나타나면 소년은 다른 집으로 피해 달아나야 했습니다. 여자는 소년의 이름을 목 놓아 부르며 온 동네를 헤집고 다녔어요. 집집마다 무조건 쳐들어가 여기저기 들쑤셔 놓았죠. 여자가 들이닥치면 얼른 옆집으로 숨어들었고, 산으로, 들로 달아나기 바빴어요. 괴기스러운 술래잡기였어요. 가슴이 얼마나 콩닥거렸는지 모릅니다. 어쩌면, 여자는 소년을 데리고 다른 곳으로 떠나려 했는지도 모르겠어요.

그러다 결국 일이 커지고 말았습니다. 소년이 계속해서 접근을 피하자, 여자가 마을의 다른 아이를 납치하듯 데리고 다니기 시작했어요.

글쎄요. 아마 소년으로 착각했거나, 마을 사람들에게 앙갚음하려고 그랬던 것 같기도 해요. 어쨌든 그게 사달이었습니다. 아이가 사라질 때마다 온 마을이 들썩거렸어요. 여자의 등에 업혀 돌아온 아이는 완전히 얼이 빠져 있었죠. 경기를 일으키다 기절해 버린 아이도 있었고, 일주일 가까이 끙끙 앓다가 간신히 깨어난 아이도 있었습니다. 여자 때문에 소년뿐 아니라 동네의 모든 아이들이 위험에 처하게 된 것이죠. 그 때문에 마을 사람들이 조치를 취하게 된 겁니다.

처음에는 그냥 방에 가두고 방문을 잠가 두는 정도였습니다. 하지만 방문을 부수고 나가 또 아이를 데리고 사라졌죠. 새끼줄로 손발을 묶어 봤지만, 그것도 소용없었습니다. 하루 만에 줄을 끊고 달아나 버렸어요. 구속의 수단과 방법은 갈수록 강도를 더해 갔지요. 철사와 개 목걸이, 소와 말에게나 씌우는 굴레를 써 보기도 했어요. 그러면서 최종적으로 형틀이 완성된 겁니다. 거기에 묶인 여자는 무기형을 선고받고 수감된 1급 살인자와 다름없었습니다.

(잠시 침묵. 슬쩍 의사의 표정을 살핀다. 입가에 슬며시 떠오르는 알 수 없는 미소)

믿지 못하시겠죠? 어이없는 표정을 짓고 계시네요. 예. 실제로 있었던 일입니다. 예, 그렇다니까요. 그래도 되는 시대였어요. 그때만 해도 마을 공동체의 전통이나 관습이 국가의 행정력보다 우위에 있었으니까요. 법은 멀고 마을 인심이 가까웠다고나 할까요?

당시 소년의 심정이요? 글쎄요. 기억나지 않는군요. 말하고 싶지 않습니다. (표정에 스민 냉정함)

그렇게 여자는 마을 주민들이 사육하는 동물이 돼 버

렸습니다. 아침저녁으로 양푼에 밥과 반찬을 쏠어 담아 방에 넣어 줬죠. 노인네가 아침마다 요강을 비워 줬고, 어쩌다 한번 물에 적신 수건으로 여자의 얼굴과 몸을 닦아 줬습니다. 노인네가 서커스단의 조련사처럼 매질을 가하기 시작한 건 그때부터였습니다. 밤마다 바락바락 소리 지르며 욕설을 퍼붓고, 울고 불며 풀어 달라고 애원하다가 분에 못 이겨 몸부림을 쳐댔으니까요. 차츰 불만을 토로하는 동네 사람들이 생겨났습니다. 자꾸만 항의가 들어왔어요. 제발 밤에 잠 좀 자게 해 달라고 간청하는 사람도 있었죠.

차라리 죽어. 뒈져 버려, 이년아! 네년이 뭘 잘했다고…. 노인네가 매질하며 자주 내뱉었던 말입니다. 노인네의 매질에는 증오가 실려 있었습니다. 원한 같은 거였죠. 그 한풀이를 여자에게 쏟아부었던 겁니다. 거기에 그치지 않고 소년에게까지 그런 원한을 심어 주려 했어요. 집요하고 잔인하기까지 했습니다. 매질을 소년에게 떠맡기려고 했거든요.

물론 처음에는 완강하게 거부했죠. 그러자 매질이 바로 소년을 향해 날아들었습니다. 많이도 얻어맞았죠. 아마 노인네는 저를 조련하려고 했던 것 같습니다. 정말이

지 혹독하게…(잠시 침묵)

어느 날 저녁이었습니다. 노인네가 억지로 소년을 옆방으로 이끌고 가더군요. 어떻게 하는지 자기가 가르쳐 주겠다고 했습니다. 예감이 좋지 않았습니다. 비로소 올 게 오고야 말았다는 느낌이랄까요.

노인네가 조련사처럼 명령을 내렸습니다. 소년은 주춤하다가 노인네가 건네는 막대기를 손에 쥐었습니다. 다음 명령이 떨어졌습니다. 소년은 입을 악다물고 천천히 막대기를 치켜들었습니다. 손목이 부들부들 떨렸습니다. 그대로 노인네를 때려눕히고 싶은 충동 때문이었습니다. 그때 노인네가 성큼 다가와 막대기 들린 소년의 손을 움켜잡았습니다. 그리고 여자를 향해 막대기를 휘둘렀죠. 막대기는 여자의 어깨를 빗겨 나갔습니다. 여자는 조금 놀란 눈치였어요. 다시 같은 동작이 반복되었습니다. 그런데 여자가 막대기를 덥석 잡아 버렸어요. 여자가 소년을 무섭게 노려보며 으르렁거렸습니다. 순간적으로 제정신이 돌아온 듯했어요. 그때처럼 여자가 두려웠던 적은 없었습니다. 어서 그 자리를 벗어나고만 싶었습니다. 눈앞이 캄캄했어요. 주위를 둘러봐도 어둠, 어둠뿐이었습니다. 그때였습니다. 소년의 눈에서 번쩍하며 섬광이 스쳐 갔던 것 같습니다. 소년은 이미 제정신이 아니었습니다. 이야, 이야아 고함지르며 정신없이 막대기를 휘둘렀습니다. 무언가가 끝장나 버린 느낌이었습니다. 가슴속에서 먹장구름이 몰려들고 천둥이 치며 번개가 번뜩거렸습니다. 세상이 하찮아 보였습니다. 아무것도 두려울 게 없었습니다. 뭔지 모를 쾌감이 뿌듯하게 스쳐 갔습니다. 나중에 정신을 차리고 보니, 노인네가 그만하라고 소리치며 앞을 막아서고 있더군요. 여자는 정신을 잃고 뒤로 나자빠져 있었습니다.

(긴 침묵)

아니오. 괜찮습니다. 계속하겠습니다.

그 뒤론 아주 쉬웠습니다. 때가 닥치면 소년은 파블로 프의 개처럼 짖어댔습니다. 여자가 소란을 피우면 반사적으로 막대기를 들었고, 기계적으로 매질을 가했습니다. 그리고 도피했습니다. 쥐의 소굴로 기어들고, 올빼미의 둥지로 날아올랐습니다. 노인네의 가슴에 열린 과일을 포식했습니다. 소년은 나른하고 무심한 고양이의 눈빛을 닮고 싶어 했습니다. 그러다 정말 고양이가 되는 법을 터득하기에 이르렀습니다. 닭을 잡아 날로 먹었고, 토끼도 생으로 씹어 삼켰습니다.

아주 가끔, 여자가 두려울 때도 물론 있었습니다. 아니… 사실은 항상 여자를 두려워했던 것 같습니다. 두려움 때문에 제대로 잠을 이룰 수 없었어요. 깜박 잠이 든 사이에, 여자가 족쇄를 풀고 안방으로 침입해 들어와 목이라도 조르면 어쩌나 하는 공포가 방 안 가득 차올랐어요. 어쩌다 여자가 제정신을 차린 것처럼 보일 때, 갑자기 혼란스러워지면서 문득 공포가 몰려오기도 했어요. 또 뜬금없이 엄마 흉내를 낼 때가 있었는데, 그런 여자와 마주하기란 정말 곤혹스러웠습니다. 내 아들, 엄마한테 와봐. 젖 줄까? 하며 저고리 앞섶을 풀어 헤칠 때는 정말 구역질이 날 정도로 징그러웠습니다. (긴 침묵, 주저하는 태도)


그러다… 마침내 그날이 오고야 말았습니다.

그날, 여자는 어딘가 좀 이상해 보였습니다. 평소와 달리 조용했습니다. 죽은 듯이 고요했어요. 소년은 오히려 그 적막을 견디기가 힘들었습니다. 살금살금 다가가 문구멍을 통해 안을 엿보았습니다. 소년은 그만 화들짝 놀라고 말았습니다. 여자가 몰라보게 변해 있었어요. 산발 머리는 단정하게 다듬어져 있었고, 얼굴도 예전의 낯빛을 회복한 듯했습니다. 간밤에 누군가 몰래 들어가 화장이라도 해 준 것처럼 보였습니다. 기이한 느낌이었습니다. 그때 소년의 이름을 부르는 소리가 들렸습니다. 소년은 자기도 모르게 대답을 할 뻔했어요. 문을 조금 열었습니다. 자연히 고개가 숙여지더군요. 웬일인지 여자의 얼굴을 바라볼 수가 없었어요. 여자의 시선이 느껴졌습니다. 할 수 없이 고개를 들었습니다. 아, 그건 무슨 조화였을까요? 여자는 눈이 부실 정도로 아름다웠습니다. 사실 시골 마을에는 전혀 어울리지 않게 도시적인 여자였어요. 그 때문에 동네 아낙들의 시샘과 질투를 받기도 하고, 오해와 비난을 사기도 했습니다. 아직 젊고 아름다울 때였죠. 소년은 그날 본 여자의 모습이 가장 아름다웠다고 기억합니다. 소년을 한없이 초라하게 만들고 수치심을 자극하는, 그런 얼굴을 하고 있었습니다.

여자가 알 수 없는 눈길로 소년을 주시하고 있었습니다. 소년은 전에도 몇 번 그런 눈길과 마주친 적이 있었습니다. 뭔지 모르지만 어떤 갈망이나 원망이 가득 담긴 눈동자였죠. 그 눈길에 소년은 그만 충격을 받고 말았습니다.

비로소 알 것 같았거든요. 그 눈길의 의미, 그 눈동자에서 일렁이는 갈망이 무엇이었는지 뒤늦게 깨닫게 된 것입니다.

노인네도 뭔가를 예감했던 걸까요? 그날 점심 무렵에는 웬일로 대야에 물을 떠서 옆방으로 가더군요. 머리를 감기고 팔과 다리를 씻겨 주는 거였어요. 여자는 온순하게 몸을 맡기고 있었습니다. 뭔가 엄숙한 분위기가 흘렀어요. 노인네는 다시 안방으로 건너와 장롱을 열더니 새 옷을 꺼내 그걸로 갈아입혔어요. 화사한 꽃무늬가 들어간 연노랑 원피스! 여자가 아주 특별한 날에나 입던, 가장 아끼는 옷이었어요. 뭔가 좀 이상하지 않습니까? 왜 하필 그 날, 왜 하필 그 옷을 입혔던 걸까요? 수의라도 입히는 심정이었을까요? 그 옷으로 여자에게 어떤 메시지라도 전하려고 했던 걸까요? 그 메시지가 소년에게도 전해지기를 바랐던 게 아닐까요?

(일그러진 인상, 뭔가 골똘히 생각하는 표정으로 잠시 침묵)

이윽고 날이 저물었습니다. 어둠이 닥쳐왔어요. 정말 이상한 밤이었습니다. 그날따라 너무 외로웠습니다. 밤이 영원히 지속될 것 같은 기분이었어요. 소년은 안절부절못하며 자리에 누웠다 일어서기를 몇 번이나 반복했습니다. 노인네는 모로 누운 채 고른 숨소리를 내며 잠들어 있었습니다.

아니, 잠이 든 것 같진 않았어요. 잠든 척, 모른 척하며 소년을 그대로 놔두는 것 같았어요. 그런데 낮에 마주친 여자의 눈빛이 자꾸만 떠올랐어요. 오줌이 마려웠지만 밖으로 나서기가 겁이 났어요. 어느 순간 희미하게 누군가의 소리가 들려왔습니다. 그 목소리의 주인이 노인네였는지, 아니면 여자였는지는 분명하지 않습니다. 하지만 뭔가 명확해진 느낌이 스쳐 갔습니다. 노인네가 왜 그토록 냉혹하게 자기를 조련해 왔는지 조금 알 것도 같았습니다. 소년은 입을 굳게 다물고 조용히 방문을 열고 나갔습니다.

먼저 마당 한가운데 서서 오줌을 눴습니다. 고개를 들어 보니 세상이 온통 암청색으로 물들어 있었습니다. 맑고 순수해 보이는 색감이었어요. 그 암청색 기운이 몸 전체에 스며드는 듯했습니다. 조금 용기가 생기더군요. 든

든했습니다.

어서 와라. 소년이 말없이 옆방에 들어서자 여자가 기다렸다는 듯 말했습니다. 확신이 담긴 목소리였어요. 올 줄 미리 알고 있었던 것처럼 말이죠. 소년은 좀 꺼림칙했지만, 꾹 참고 여자 가까이 다가갔습니다. 여자가 미소 띤 얼굴로 두 팔을 활짝 벌렸습니다. 쇠사슬이 둔중한 음향으로 덜그럭거렸죠. 소년은 무언가에 이끌린 듯 여자의 가슴에 푹 안겼습니다. 살냄새가 물큰했습니다. 비누 냄새도 비릿하게 풍겨 왔어요. 여자의 심장 박동이 생생하게 들리더군요. 순간 소년은 가슴속에서 뭔가 울컥하며 들끓어 오르는 걸 느꼈습니다. 오랜만에 느껴 보는, 아주 낯선 감정이었습니다. 이놈아. 이놈 자식아(한 서린 목소리)! 여자가 탄식하듯 말했어. 그러더니 두 손으로 소년의 몸을 더듬기 시작했어요. 쇠사슬 소리가 무척 신경에 거슬리더군. 소년은 여자에게 몸을 맡긴 채 가만히, 가만히 있었습니다. 잠시 무거운 침묵이 흘렀습니다. 여자가 소년의 어깨를 콱 움켜잡았습니다. 그러다 갑자기 목을 조여 왔어요. 숨이 턱 막혔어요. 정말 죽을 것 같았어. 저를 죽이려고 했단 말입니다.

아니, 자기도 그렇게 해 달라고 하는 것 같았습니다.

소년도 냉큼 손을 뻗어 여자의 목을 졸랐습니다. 손아귀
가 찢길 듯이 아팠어요. 여자가 캑캑거리며 몸을 버둥거
렸습니다. 소년의 목을 조이던 손은 맥없이 풀려 나가고
말았습니다. 여자의 목이 조금 길어진 것 같았어요. (침
묵)

　아닙니다. 주저하지 않았어요. 거기서 그만 끝을 내
줘야 한다는 생각밖엔 들지 않았어요. 더 이상 여자가 훼
손되는 걸 원치 않았습니다. 무엇보다, 여자가 그걸 강렬
하게 원하고 있다고 느꼈습니다. 소년은 그야말로 죽을힘
을 다해 치달렸어요. 심장이 터질 듯하고, 온몸이 무섭게
팽창하는 것 같았죠. 어쩐지 기분이 별로 좋지 않았습니
다. 소년은 그만 손을 풀고 여자를 거세게 넘어뜨렸습니
다. 어둠 속에서도 여자의 얼굴이 환히 빛났습니다. 모든
게 수포로 돌아갈까 봐 두려웠어요. 여자가 눈을 번쩍 뜨
더니 쇠사슬로 소년의 목을 휘감으려 했습니다. 소년은
황급히 여자의 입과 코를 손바닥으로 틀어막았습니다.
여자가 매서운 눈매로 소년을 노려봤어요. 여자가 손을
휘둘러 소년의 턱을 가격했습니다. 소년은 무릎으로 여자
의 가슴을 찍어 눌렀습니다. 아무래도 손으론 힘들 것 같
아 여자의 베개를 빼내 얼굴을 덮어 눌렀습니다. 여자의

몸을 타고 앉아 계속 달렸습니다. 정적이 흘렀습니다. 시간이 멈춰 버린 것 같았죠. 어둠이 소용돌이치고 있었습니다. 여자의 몸도 요동치기 시작했습니다. 발버둥 치던 여자의 몸이 서서히 가라앉아 갔습니다. 그만 베개를 치우자, 여자는 고요하게 잠들어 있었습니다. 그제야 사타구니에서 극심한 통증이 느껴졌습니다. 알고 보니 좆이 터질 듯 발기해 있더군요. 혼란스러웠습니다. 오줌이 마려운 것도 아니었는데, 그놈이 왜 그렇게 달아올랐는지 정말 알 수 없었어요. 소년은 도망치듯 그 방에서 빠져나왔습니다.

(짧은 침묵)

(냉정하고 차분해진 목소리) 그런데 말입니다. 제가 죽인 걸까요? 아, 그러시군요. 이해합니다. 하지만 여자는 이미 마을의 심판을 받은 게 아닐까요? 사형 판결을 받은 거나 마찬가지 아닙니까? 저는 그저 노인네가 마음대로 지정한 사형 집행인에 불과했어요. 그렇지 않습니까?

**(묵묵히 의사의 대답을 강요하는 긴 침묵)**

노인네의 반응이요? 소년이 안방으로 들어섰을 때 노인네가 몸을 움찔거렸어요. 그게 다였습니다. 소년은⋯ 막 격렬한 정사라도 치른 것처럼 나른하고 후련한 기분이었던 것 같습니다. 깨끗하게 정화된 느낌이라고나 할까. 아무튼 오래 미뤄 둔 일을 끝낸 뒤처럼 뿌듯하기까지 했어요. 여자는 더 이상 갇혀 지낼 필요가 없게 되었으니까요. 소년이 영원히 풀어주지 않았습니까? 발길 닿는 대로, 가고 싶은 곳으로 훨훨 날아갈 수 있도록 해방시켜 준 거죠.

당연하죠. 지금도 그렇게 믿고 있습니다. 그날 소년이 저지른 짓은 결코 살인이 아니었다고. 그건 소년이 여자에게 해 줄 수 있는 마지막 최선의 선물이었다고 확신합니다. (잠시 눈 감고 침묵)

아뇨. 절대, 절대 그렇지 않습니다. 여자에게나 소년에게나 그건 선택의 문제였어요. 일종의 안락사 같은 겁니다. 그건 제가 여자에게 마지막으로 해 줄 수 있는, 사랑의 한 방식이었습니다. 선생께선 지금 변명, 자기 변론, 심리적 방어기제… 그런 말들을 떠올리고 계시죠? 아닙니다. 선생님이 틀렸어요.

글쎄, 아니라니까요. (위협적으로 노려보는 눈빛)

아, 죄송합니다. (고개 꾸벅 숙이고, 계속 말을 잇는다) 여자의 주검을 처음 확인한 사람은 노인네였습니다. 다음 날 아침 옆방을 살펴보다가 여자가 죽은 걸 알게 된 겁니다.

모르겠습니다. 그 영악한 노인네라면 모든 과정을 몰래 지켜봤을 수도 있겠네요. (잠시 생각하다가) 다시 안방으로 들어온 노인네가 소년을 물끄러미 쳐다봤어요. 별말은 없었습니다. 노인네는 사람들을 불러 오기 위해 곧장 밖으로 나갔습니다.

시신을 수습하고 장례 준비를 하기 위해 동네 사람들이 하나둘 소년의 집으로 왔습니다. 그들 중에는 앞장서서 여자를 포박하고 감금했던 자들도 있었습니다. 그중 한 사람이 안방 문을 열고 편안하게 누워 있는 소년을 들여다보더군요. 저런 후레자식을 봤나. 지 에미 죽은 줄도 모르고…. 그가 혀를 끌끌 차대며 뇌까렸습니다. 소년은 계속 잠든 척 누워 있었습니다. 아무렇지도 않았습니다. 나른하면서도 평온한 기분이었지요.

그럼요. 정말이라니까요. 이상하게 마음이 평화로웠어요. 어떤 분노도, 울분도, 복수심 같은 것도 전혀 느낄 수 없었어요. 그러면서도, 이제 무슨 짓이든 저지를 수 있을 것 같은 기분이 들더군요. 그냥 별 느낌 없이, 아무런 감정도 없이 태연하게 다른 누군가를 죽일 수도 있을 것 같았습니다. (침묵)

노인네요? 3년 뒤에 여자를 따라갔습니다. 여자 때문에 제 명에 못 살 거라고 노래를 부르더니만, 결국 그렇게 된 셈이죠. 사고사였습니다. 소년을 두려워했어요. 밤만 되면 소년을 경계하며 피하려고만 했어요. 우습죠? 밥도 같이 먹지 않았고, 소년과 한방에서 잠드는 것도 꺼렸어요. 안방은 고스란히 소년 차지가 되었습니다. 장례가 끝나자마자 옆방을 정리하고 수리하더니 아예 그 방에서 기거하기 시작했어요. 밤이면 방문을 걸어 잠그고, 수인(囚人)처럼 숨죽이며 지냈습니다. 소년에 대한 의심과 불신, 그 두려움 때문에 스스로 죽음의 길을 재촉했다고 봐야겠죠.

소년을 데리고 땔나무를 구하러 갔다가 산비탈에서 굴렀어요. 산자락에 여자의 무덤이 조성되어 있었죠. 무덤이 내려다보이는 지점에서 죽은 소나무 가지를 베다가 그만 낫을 떨어뜨렸어요. 소년이 무심코 낫을 집어 들었어요. 그걸 건네주려고 손을 뻗었는데, 이놈의 노인네가 얼굴이 하얗게 질려서는 뒷걸음치기 시작하는 거였어요. 그러다 발을 헛디뎌 굴러떨어지고 만 겁니다. 소년이 내려가 봤을 땐 이미 숨이 끊어져 있었어요. 그런 눈으로 쳐다보지 마세요. 정말… 아무 짓도 하지 않았습니다. 그럴 틈조차 없었다니까요. (허둥대는 몸짓)

피곤해 보이시네요. 다 끝나 갑니다. 조금만 더 귀를 기울여 주세요. 이제 말씀드리겠습니다. 어쩌다 이런 곳까지 오게 됐는지. 제가 선생님을 찾아온 이유는….

네, 그래야지요. 다 털어놓겠습니다. (사이) 선생님… 언젠가부터 파괴적인 충동이 불시에 저를 방문하기 시작했습니다. 그럴 때면, 무슨 짓이든 저지를 수 있을 것 같은 기분이 들어요. 여자를 해방시켜 주었던 그날처럼 말입니다. 무한의 자유를 느낀다고나 할까요? 그리고 모처럼 살아 있는 기분이 들었습니다. 그건 전율이었습니다. 짜릿했어요.

어느 저녁 무렵, 다시 그 충동이 저를 찾아왔습니다. 텅 빈 사무실에서 창문 밖으로 거리를 내려다보는데 한 사내가 유독 눈에 띄더군요. 그런데 느닷없는 충동이 머릿속을 휘저어대는 겁니다. 저는 반사적으로 만년필을 손에 쥐었습니다. 손이 부르르 떨리더군요. 아무런 이유도 없었습니다. 무작정 그 자의 가슴에 칼을 찔러 박고 싶어지는 겁니다.

마음의 상태요? 이해하기 힘드시겠지만, 평소와 다를 바 없습니다. 나른하고 무기력하지요. 한번은 전철 안에서 젊고 예쁜 여자의 하얀 목을 훔쳐보다 그만 이성을 잃어버렸습니다. 홀린 듯 여자를 뒤따라 내렸지요. 그녀가 골목으로 접어드는 걸 보고 얼른 편의점에 들어가 문구용 커터 칼을 샀습니다. 그 칼로 여자의 희디흰 목을 그어버리려고 했습니다. 다행스럽게도 여자는 골목 깊숙한 곳에 있는 어느 빌라로 모습을 감춘 뒤였습니다.

왜 이러는 걸까요? 통제하기가 점점 힘들어집니다. 엊그제는 공원에서 한 여고생의 목을 조르다 숨이 끊어지기 직전에 도망쳤다니까요. (사이) 다시 집행자가 되고 싶은 걸까요? 대체 뭘 집행하려는 걸까요?

아뇨. 어디선가 본 듯한 얼굴들이었지만, 다들 처음 보는 사람들이었습니다. 그건 확실합니다.

네. 인정하겠습니다. 그래서 더 위험한 것이죠. 차라리 미쳐 버리는 게 훨씬 안전할 것 같아요.

네? 아니, 분노와 복수심의 귀환이라니요? 당치 않습니다. 그런 건 원래 있지도 않았는데요. 그런 건 다 죽여 버렸어요. 깡그리 불태워 버렸단 말입니다. 노인네가 그렇게 가고 나서, 한밤중에 석유통 들고 나가 이장, 부녀회장, 새마을지도자 집들을 순례하며 불을 질렀어요. 마지막으로 저 혼자 덩그러니 남은 집에 불을 붙이고 그길로 마을을 떠났습니다.

(잠시 가쁜 숨을 가다듬고) 마을에 대한 원한이나 원망도, 복수심 따위도 그때 몽땅 불태워 묻어 버렸단 말입니다. 지금의 제겐 미워하고 증오할 만한 어떤 대상도 남아 있지 않습니다. 분노도 없고, 웬만해선 화도 잘 내지 않아요. 슬프지도, 기쁘지도 않아요. 감정이란 게 사라져 버렸단 말입니다. 감정을 조율하는 뇌의 변연계가 파괴되었거나 아예 삭제되어 버린 듯해요.

그렇습니다. 파충류처럼 말이죠. 이젠 꿈조차 꾸지 않습니다.

(의사 얼굴 빤히 바라보며) 자, 선생님. 제 얘기는 여기까지입니다. 어떻게 하시겠습니까? 저를 한번 조련해 보

시렵니까? 제게 수갑을 채워 독방에 감금해 보시겠어요? 과연 그런 조치로 저를 막을 수 있을까요? 마음만 먹으면 저는 얼마든지 그곳에서 빠져나갈 수 있을 텐데요. 어둠이 닥쳐오기를 기다리기만 하면 됩니다. 저는 어둠 속에서 뱀이 되고, 쥐가 되고, 고양이, 악어로도 변신할 수 있으니까요. 어둠 속에서 저는 얼마든지 자유로울 수 있습니다. 어둠 속에서는 마음먹은 대로 세상을 지배할 수도 있어요.

미리 말해 두지만, 선생께서 어떤 선택을 하든 위험한 게임이 될 겁니다. 자칫하면 선생께서 첫 번째, 아니 세 번째, 네 번째 희생자가 될 수도 있으니까요. (번뜩이는 눈빛, 입가의 서늘한 미소)

오늘의 사과는 레드블루

삶은 희극도, 놀이도 아니지만
각자 삶에서 맡은 우스꽝스러운 역할이 있다.
—W.H 오든,「홍콩」


## 시간적 배경

2040년. 인공지능 로봇 휴머노이드가 일상화된 시
대


## 등장인물

안나

애덤

알린

레오

오기태

라종수

산드라 김

# 1막

오기태의 작업실. 무대 뒤쪽에 자리한 서재 겸 집필실은 책들이 빈틈없이 꽂힌 책장과 군데군데 쌓아 둔 책의 탑 때문에 흡사 책들의 무덤 같은 분위기를 풍긴다. 세상의 모든 자료와 정보가 디지털로 유통되고, 온 세상이 인공지능 시스템으로 굴러가는 2040년의 세상과는 전혀 어울리지 않는다. 거실 중앙에 놓인 원목 탁자와 목재 의자 들도 오기태의 고풍스러운 취향과 아집을 상징적으로 대변하는 것 같다. (오기태는 지금 거실 의자에 앉아 있다.)

거실 왼쪽에 욕실과 주방, 오른쪽에는 베란다와 거실을 나누는 불투명한 유리문이 설치되어 있다. 주방 옆에 관처럼 놓여 있는 도킹스테이션은 오기태의 비서 겸 도우미인 휴머노이드 안나의 충전기다. (안나는 지금 충전 중이다.)

캣타워와 고양이용 화장실 등 반려묘 용품들도 베란다 가까이 배치되어 있다. (레오는 지금 베란다에 있다.)

*오기태가 천천히 일어나 관객들 앞에 서서 말한다.*

"저는 작가님에 대해서도 누구보다 잘 알고 있다고 자부합니다." 놈은 분명 그렇게 말했습니다. 여러분, 잘 모르는 누군가에게 그런 말을 듣는다면 참을 수 있겠습니까?

저는 참지 못했습니다. "꺼져!" 삿대질하며 소리쳤죠.

그러자 정말, **펑!** 하고 꺼져 버렸습니다. 순간적으로 멍해지더군요. 뒤숭숭한 꿈에서 갓 깨어난 기분이랄까, 아니 그 꿈에서 아직 깨어나지 못한 게 아닐까 의심스러울 지경이었습니다.

냉장고에서 생수통을 꺼내 냉수를 들이켜고 창문을 열자, 플라잉 택시 한 대가 날아오고 있더군요. 놈을 태우러 온 것일 테죠. 연속으로 이어지는 일련의 과정이 한 치의 오차도 없이 기계적으로 처리되고 있다는 느낌이 들지 않습니까?

놈을 태운 택시가 건물 옥상 위로 솟아오르자 전화가 걸려 왔는데, 이 전화벨 소리마저 기계적인 알고리즘으로 진행되는 프로세스의 한 단계처럼 느껴졌습니다. 놈을 제 작업실로 파견한 업체에서 걸어 온 전화였죠.

"안녕하세요. 에이아이 픽토피아(AI FICTOPIA) 편집장입니다."

"안녕, 못 합니다."

편집장이 "이런 일이 벌어져서 저로서도 유감입니다."
라고 말했지만, 그 목소리에서 유감이 느껴지진 않더군
요. 그래서 직설적으로 물었습니다. "설마 당신도 안드로
이드는 아니시겠지?"

"아하하, 그럴 리가요. 이런 일까지 안드로이드에게 맡
길 수는 없죠. 관리는 인간이 한다. 저희 플랫폼의 원칙입
니다."

"그 원칙만큼은 끝까지 고수해 주시기 바랍니다. 무
슨 일이든, 인공지능의 관리를 받으면서 하고 싶진 않소
이다."

"작가님은 아직까지도 휴봇에 대해 안 좋은 감정을
품고 계신 것 같네요. 너무 예민하십니다. 하지만 작가님
은 지금 인공지능의 시대를 살아가고 계시잖아요. 그래
서 저희 제안을 받아들이신 것 아닌가요?"

맞는 말입니다. 제가 지나치게 감정적으로 대응한 것
도 맞는 것 같고, 빌어먹을 인공지능의 시대에 작가로서
어떻게든 적응해 보려다가 애덤이라는 휴머노이드 로봇
과 대립하게 된 것이니까요.

"우리 애덤이 무슨 실수라도 했나요?" 편집장이 조심스럽게 물었습니다.

"그 전에 먼저 해명을 하셔야 할 것 같은데? 당신들, 도대체 나에 대한 정보를 어디서 어떻게 얼마나 수집했기에, 그 망할 자식이 그런 소릴 함부로 지껄이게 된 겁니까?"

"이런! 오해하지 마세요. 작가님에 대해 뒷조사를 하거나 그런 거 아닙니다. 작가님의 출간 저서들, 작가님이 SNS나 웹페이지에 남긴 흔적들… 저희가 합법적으로 얻을 수 있는 모든 자료들을 애덤에게 학습시킨 결과라고 보시면 됩니다. 저희는 이걸 '데이터의 과학'이라고 부릅니다. 작가님과 공동 작업을 하기 위해선 애덤도 작가님이 어떤 분인지 미리 파악을 해둬야 하니까요. 이 점에 대해서는 원고 청탁할 때 미리 말씀드린 것 같은데, 기억 안 나세요?"

"그것 참, 불공평한 일이군. 내가 아는 거라곤 애덤 그놈이 인공지능 로봇이라는 것밖에 없었으니까."

"애덤이 그런 발언을 한 것에 대해서는 사과드립니다."

"그것 참, 사과는 그놈이 해야 하는 거 아닙니까? 녀석에게 사과하는 법에 대해서도 학습을 좀 시켜야 할 것 같소이다."

이쯤 되면 여러분도 뭐가 어떻게 돌아가고 있는 상황인지 대충 감을 잡으셨을 겁니다.

그래요. 여러분 예상대롭니다. '에이아이 픽토피아'라는 플랫폼 업체에 대해서는 다들 알고 계시죠? 거기에서 참으로 난감한 청탁을 받았는데, 그게 발단이었습니다. 청탁의 요지는 픽토피아 전속 작가로 활동하는 휴봇과 협업해서 200자 원고지 기준 50매 내외의 단편소설을 완성해 달라는 거였죠. 무슨 시나리오나 뮤지컬 대본 작업도 아니고, 50매 정도의 단편소설 한 편 쓰는 데 굳이 협업까지 할 필요가 있을까, 고개를 갸웃거리면서도 별 고민 없이 청탁을 받아들였습니다. 여러분도 잘 알다시피, 지금은 인공지능이 인간의 모든 영역을 압도해 버린 시대 아닙니까. 문학판 역시 마찬가지죠. 베스트셀러 상위권은 인공지능 로봇들이 작가랍시고 쏟아낸 작품들이 싹쓸이하는 상황이고, 그 작품들도 문학상 심사 대상에 올려야 한다는 주장이 세를 불려 가고 있기도 합니다. 상황이 이렇다 보니 이상한 소문이 나돌기도 하더군요. 이름만 대면 누구나 알 만한 유명작가 K, S, P 등 왕성하게 활동하는 주요 작가들이 인공지능 로봇의 보조를 받아 가며 작품을 쓰고 있다는 소문이 파다합니다. K 선생은 지난해 장편소설 열 권을 출간하고 올해도 벌써 세 권을 써내셨으니 그런 의심을 살 만도 하죠. 올해 '인류세문학상' 수상 작가인 산드라 김이 사실은 인공지능 로봇이라는 소문도 돌던데, 여러분 생각은 어떤가요? 그 작가 작품들을 두루 훑어봤더니 인공지능의 알고리즘이 만들어낸 것 같은 패턴 몇 가지가 반복되어 나오더군요.

다음 날 아침, 플라잉 택시를 타고 날아온 휴머노이드가 제 작업실 문을 열고 들어섰습니다. 일단 외형상으로는 놈의 정체가 로봇이라는 걸 전혀 알아차릴 수 없겠더군요. 게다가 멋진 외모를 갖춘 휴봇이었어요. 짙은 눈썹에 코발트블루 눈동자, 섬세한 느낌을 자아내는 콧날이 인상적이더군요. 저처럼 광대뼈가 약간 튀어나오긴 했지만, 그게 날렵한 턱선과 어우러지며 어딘가 사색적인 분위기를 풍기는 점도 마음에 들었습니다. 순간, 제가 이상적으로 생각할 만한 외모로 디자인된 로봇이 아닌가, 하는 생각이 스쳐 갔습니다. 그러자 불쾌한 기분이 들었

습니다. 정말이지 기분 나쁜 로봇 아닙니까? 하긴 이런 로
봇들을 요즘 우리 일상 곳곳에서 흔히 마주칠 수 있으니,
그리 특별한 일도 아니겠지요.

아, 어쩌자고 우린 이런 시대를 발명하고 만 걸까요?
놈은 인간적인 미소와 표정까지 완벽하게 흉내 내고 있
었습니다. 녀석이 멋진 목소리로 첫인사를 건넸습니다.
"영광입니다, 작가님. 에이아이 픽토피아 전속 작가 애덤
이라고 합니다."

"아, 그래요." 저는 자연스럽게 오른손을 건네며 말했
습니다. 그런데 놈은 이미 상체를 45도 각도로 숙이고 있
었습니다. 그렇게 우리의 악수는 처음부터 어긋나기 시작
했던 것이죠.

서로의 인사가 어색하게 어긋나자 녀석은 살짝 당황
한 표정을 지어 보였습니다. "애덤? 일단 좀 앉을까요." 저
는 녀석을 소파가 있는 쪽으로 안내했지요. 이윽고 소파
에 마주 앉았지만, 어색한 상황이 계속 이어졌습니다. 반
사적으로 커피 생각이 나더군요. 술 생각이 나기도 했습
니다. "뭐, 마실 거라도 한잔 드릴까요?" 녀석이 로봇이 아
니라면 본격적인 소통에 앞서 이런 예열 과정을 거쳤을
테죠. 커피잔이나 맥주캔을 들고 음료를 홀짝이다 보면

자연스럽게 말문이 트일 수도 있을 테니까요. 하지만 음식물을 먹고 마시는 행위를 하지 못하는 상대를 앞에 두고, 그럴 순 없었습니다. 저는 인공지능 로봇을 인격적인 존재로 의식하지 못하면서도, 무의식의 숲에서는 그런 존재를 인간으로 인식하고 있는 것 같기도 합니다. 인공지능 로봇에 대한 의식이 분열되어 있다고 말할 수도 있겠네요. 아무튼 저는 녀석을 한 사람의 동료로 대하려고 애쓰며 먼저 말문을 열었습니다.

"이봐요, 애덤 씨! 이거 참, 난감하네요. 솔직히 난 이런 식의 공동 작업을 시도해 본 적도, 생각해 본 적도 없어요."

"알고 있습니다. 작가님이 저 같은 휴봇과 마주치는 것조차 꺼리신다는 사실도 알고 있습니다."

"그렇군요. 혹시 지금 긴장하고 있습니까?"

"음… 전 아닙니다. 솔직히 말씀드리면, 작가님이 긴장하고 계신 것 같은데요?"

"으흠, 쓸데없이 솔직하시군."

"앗! 죄송합니다."

"됐소. 맞는 말이니까. 당신도 알다시피 난 인공지능 시대의 부적응자요."

"작가님이 적응력을 키우는 데 제가 조금이나마 도움이 됐으면 좋겠습니다."

"고맙소. 바로 그게 당신네 회사의 청탁을 받아들인 이유요."

"저도 그러셨을 거라고 짐작은 했습니다."

녀석은 로봇답게 태연했습니다. 제가 어떤 말을 해도 흔들리지 않을 것 같은 견고함이 엿보였습니다. 하지만 저로서는 녀석이 보이는 태연함마저 불안한 조짐처럼 느껴졌습니다. 생각해 보세요. 제가 어떤 공격적인 말을 퍼부어도 녀석의 **감정 없는 감정**은 계속 평온한 상태를 유지하는데 제 감정만 널뛰기해 버리면 무슨 일이 벌어질까요? 그 말의 포화가 행동으로 표출될 수도 있지 않을까요? 저는 녀석의 태연함 때문이 아니라 저 자신의 자의식 때문에 불안해진 겁니다. 자의식의 폭탄에 장착된 시계가 째깍거리는 소리가 들리는 것 같기도 했습니다. 저는 무언가에 쫓기듯 서두르기 시작했습니다.

"우리 작업 말인데, 가능하면 빨리 끝냈으면 좋겠소. 혹시, 이런 식의 작업에 대한 매뉴얼 같은 거라도 있습니까?"

"아니오. 아직 없습니다. 지금의 상황이 그런 매뉴얼이나 알고리즘을 마련해 가는 과정 아닐까요?"

"아하, 그래서 날 섭외하신 모양이군. 나 같은 작가와의 협업 과정이 꽤 유용한 사례가 되어 줄 테니까."

"그런 의도가 전혀 없었다고 보긴 어려울 것 같습니다."

"오케이! 우리 애덤 작가께서는 어떤 스타일을 선호하시냐? 지금까지 몇 편이나 발표하셨소?"

"전속 작가로 활동한 지 3년째인데요, 단편 35만 9730편, 장편 2만 3289편을 플랫폼에 등록했습니다."

저는 '귀를 의심한다' 같은 표현을 써 본 적이 없는데, 여기서 써 보게 되네요. 정말이지 경악할 만한 작업량 아닙니까? 해당 플랫폼의 전속 작가로 등록된 휴머노이드가 애덤을 포함해 모두 20(명)입니다. 그 기계 뭉치들이 뽑아낸 스토리의 총량이 얼마나 될지 저로서는 가늠할 수조차 없습니다. 앞으로도 그 플랫폼 업체에서만 매일 수천 또는 수만 편의 스토리가 마구 쏟아질 거라는 얘긴데, 무시무시한 이야기의 홍수가 밀려오는 것 같지 않나요? 그 홍수에 맞서 대피소나 방파제, '노아의 방주' 같은 대비책이라도 세워야 하지 않을까요?

여러분! 어느새 이야기의 홍수에 밀려 정작 이야기로

서의 가치를 논하는 것조차 우스워져 버린 상황이 오고야 말았습니다. 이야기의 홍수는 결국 이야기의 방파제로 막을 수밖에 없다고, 저는 생각합니다. 여전히 이야기의 힘과 가치를 신뢰하며 창작 활동을 지속해 나가고 있는 작가들만이 그 이야기의 방파제를 세우는 상상 집필 노동자가 될 수 있다고 부르짖고 싶은 심정입니다. 이미 홍수가 범람해 버린 지경인지라, 메아리조차 없는 애처로운 부르짖음에 불과하겠지만 말입니다.

이때부터 분열되어 있던 저의 의식과 무의식이 하나로 합해지며 명료해진 것 같습니다. 애덤 이놈은 그저 기계 덩어리에 불과하다는 인식이 자리 잡기 시작했으니까요.

"이봐, 애덤! 자넨 작가인가 기계인가? 자네 머리엔 거대한 컨베이어벨트가 끊임없이 돌아가고 있겠구만. 자넨 이야기의 대량생산 기계인 셈이야."

"음… 저에 대해 새로운 정의를 내려 주셔서 고맙습니다."

"이런 멍텅구리! 그렇게 모욕적인 말을 듣고도 어쩜 그리도 태연할 수 있단 말인가?"

"저는 기계이기도 하니까요."

"그래. 스토리-머신, 이야기의 공산품 시대를 열어젖힌 주역이시지. 자넨 소설이 뭐라고 생각하나?"

"소설은 소설일 뿐이죠."

"자네 머릿속에서 작동하는 알고리즘 회로가 그 소설이란 제품을 제조할 때, 그걸 왜 제작하려고 하는지 한 번쯤 생각해 본 적이라도 있나? '왜 쓰는가?'라는 질문은, 명색이 작가라면 창작에 돌입하기 전에 필수적으로 던져봐야 하는 거 아닌가?"

"아니오. 저는 그런 적 없습니다. 그런 질문은 전혀 효율적이지 않습니다."

"그렇겠지. 자네가 자주 활용하는 캐릭터의 유형이나 플롯의 패턴 같은 게 있겠지?"

"플롯은 가장 기본적이고 고전적인 3막 구조에서 벗어나지 않습니다. 무엇보다 인간은 3막 구조에 익숙해 있으니까요. 인간은 1막에서 태어나 2막을 살고 3막에서 죽음을 맞아야 하잖아요. 인간의 유한성에 딱 맞는 구조라고 할 수 있겠죠."

여기서 그만 제 안의 시한폭탄이 터지고 말았습니다. '인간의 유한성'이라는 말이 묘하게 거슬렸거든요.

"그래, 이 자식아! 인간은 유한하다. 네놈이 그 유한성의 비애를 알아?"

"물론입니다."

"뭐? 기계 따위가 생명의 유한성이 불러일으키는 멜랑콜리를 이해할 수 있다고?"

이런! 난데없이 멜랑콜리라니요. 도대체 왜 이따위 단어가 툭 튀어나왔는지 모르겠습니다. 제가 흥분했던 게 분명합니다.

"오, 그런 감정을 멜랑콜리하다고 표현하시다니. 뭔가 어색하지만 색다른 비유인 것 같네요. 기회가 되면 저도 활용해 보겠습니다. 신선한 데이터 하나를 얻은 것 같네요."

여러분, 어떻습니까? 짜증 나지 않습니까. 이 망할 자식이 저와의 대화 내용까지 하나의 데이터로 취급하고 있는 것입니다. 저로서는 놀림이라도 당하는 기분이었습니다.

"어쨌든 그건 내가 쓴 표현이야. 적어도 나는 그런 멜랑콜리를 느껴 본 적이 있기 때문에 그런 표현이 나온 거라고."

"그러시겠죠. 하지만 저는 그 감정을 이해합니다. 이해할 수 있으므로 안다고 말할 수도 있습니다."

"임마! 난 이해를 넘어 직접 느낄 수 있다고 말하는 거다."

"어차피 감정이라는 게 손에 잡히는 건 아니지 않습니까? 저는 감정을 직접 느끼지는 못하지만, 데이터를 통해 총체적으로 이해하고, 간접적으로 느끼고 있다고 생각합니다."

아이구야, 갑자기 뒷목이 뻐근해지는 느낌이었습니다. 녀석이 문제의 발언을 던진 것도 이때입니다.

"저는 작가님에 대해서도 잘 압니다."

"뭐?"

"작가님이 출간하신 저서들, 작가님이 인터넷에 남긴 모든 글은 물론 온갖 웹페이지들에 조각조각 박힌 사소한 데이터들까지 총망라한 정보를 수집하고 학습했으니까요. 작가님은 그런 세상에 살고 계신 거예요. 인터넷과 접속하고 휴대폰을 켜 두고 계시는 한 거기서 벗어날 수 없단 말입니다. 인터넷과 연결된 작가님의 하루하루는 비트 단위의 데이터로 기록돼 활용되고, 작가님 또한 다른 사람들의 데이터들로 구축된 세상에서 일상을 향유하며 거기서 얻은 지식과 상식, 다종다양한 이슈와 에피소드 들에서 작품의 소재를 얻고 계시죠. 뭐 데이터를 서로 주고받는 셈이니까, 그리 억울해하실 일은 아니죠. 그렇지 않나요? 그러므로 저는 작가님보다 더 작가님다운 글을 얼마든지 써낼 수 있습니다. 작가님의 스토리텔링 방식, 자주 쓰는 단어와 문장, 수사법, 캐릭터를 창조하는 특유의 스타일 등등, 모든 걸 따라 할 수 있어요. 작가님보다 더 능숙하고 효율적인 방식으로요."

저는 도저히 이길 수 없는 게임판에 앉아 녀석과 대적하고 있다는 사실을 비로소 깨달았습니다. 저는 녀석에 대해 아는 게 거의 없는데, 놈은 상대방의 모든 것을 속속들이 알고 있는 상황 아닙니까. 이건 무조건 지는 게임이라는 걸 알아차린 순간, 이때 꼬리를 내렸어야 했는지도 모르겠습니다. 하지만 그럴 수 없었죠. 갑자기 알 수 없는 오기 같은 게 발동했거든요.

"이놈 봐라. 그렇단 말이지. 자신 있다 이거지? 창의성이라곤 없는 복제기계 주제에 어디서 감히…… 좋아. 지금부터 30분 줄 테니, 100매 분량으로 단편 하나 완성해 보시지. 내 스타일로, 누가 봐도 내 작품으로 읽힐 만한 작품으로. 오케이?"

나 원… 대체 어쩌자고 이런 말도 안 되는 오기를 부리고 말았던 걸까요. 후회할 새도 없이 녀석의 창작 기계가 작동하기 시작했습니다.

"작가님, 죄송한데요, 단편 하나 완성하는 데 30분이나 걸린다면 저는 벌써 회사에서 퇴출돼 폐기되고 말았을 걸요. 1분이면 충분하지만, 좀 여유를 갖고 3분 만에 해 보겠습니다."

여유까지 부리며 3분 만에 뚝딱, 할 수 있다고? 망할 자식, 무슨 3분 요리를 하는 것도 아니고…… 순간 어지럼증이 일었고, 편두통이 왼쪽 뇌를 찌르르 후벼댔습니다.

"작가님은 절정의 한 장면을 도입부에 배치하는 스토리텔링을 자주 활용하십니다. 두 인물을 연극적인 상황으로 몰아넣어 엎치락뒤치락 대립하게 하고, 주인공에게 처절한 실패를 맛보게 하지요. 그러다 후반부에서 극적인 반전이 일어나게 됩니다. 저도 작가님처럼 이 방식을 고루 적용해 보겠습니다."

결과는 어떻게 됐을까요? 정말, 3분도 걸리지 않았습니다.

이 괴물 같은 기계 녀석이 글쎄 정확히 2분 3초 만에, 정확히 100매 분량의 단편소설 제품 하나를 뚝딱 뽑아내고야 말았습니다. 완성도요? 괜찮았습니다. 썩 괜찮았어요. 하! 이거 참, 정말 큰일 아닙니까? 더 경악할 만한 일은 그 제품이 글쎄, 제가 얼마 전에 작업하다가 벽에 부딪쳐 완성하지 못한 작품과 90퍼센트 가까이 일치했다는 사실입니다. 혼란스러운 탓인지, 솔직히 몇몇 부분은 제가 쓴 것보다 좋은 것 같았습니다. 더더욱 놀라운 일은… 제가 해결하지 못한 문제를 그럴듯하게 풀어내고 내쳐 결말까지 달려가 뚝딱 완성해냈다는 것입니다. 놈은 얼마든지 작가로서의 제 역할을 대신할 수 있는 무시무시한 기계임이 밝혀진 셈이죠.

"마음에 드신다면 그대로 발표하셔도 좋습니다. 저는 상관없어요." 놈이 아량이라도 베푸는 것처럼 말했습니다.

"이 새끼가 날 뭘로 보고…."

"작가님 작품들에서 나왔으니 작가님이 낳은 아들이나 마찬가지라고 생각합니다."

"이게 왜 내 아들이야?"

의도했는지는 알 수 없지만, 녀석의 도발적인 발언이 제 자존심의 뇌관을 건드리고 만 겁니다. 놈은 제가 보인 반응에 전혀 개의치 않고 일장 연설을 늘어놓았습니다.

"작가님, 조금만 저를 존중해 주시고, 저를 동료로 받아들여 주시면 안 되겠습니까? 이건 작가님께도 좋은 기회예요. 저희 플랫폼에서 왜 굳이 이렇게 번거로운 일을 기획해서 작가님과의 협업을 시도했겠어요? 작가님과의 공동 작업을 통해 저희는 인간의 감정이나 생각을 더 구체적인 현실로 이해할 수 있게 되고, 작가님 또한 저를 통해 보다 효율적인 창작 기술을 연마할 수 있게 되는 것이죠. 이거야말로 서로 윈-윈 하는 프로젝트 아닐까요? 작가님도 저를 적극적으로 활용해 보세요. 작가님에게 창작의 신세계가 열리는 겁니다. 저는 그걸 도와드릴 수 있어요."

부끄럽게도 저는 녀석의 말에 차츰 설득당하고 있었습니다. 전자레인지의 회전판에 들어앉아 즉석요리처럼 익어 가고 있었고, 녀석은 절정의 카타르시스를 산출하기에 딱 알맞은 온도로 상승하고 있었습니다. 여기까지만 했더라면 좋았을 텐데….

"이것 역시 진화의 결과예요. 작가님이 저를 거부하시면, 진화를 거부하시는 것과 같습니다. 그러시다간 작가로서 심각한 위기를 맞게 되실 거예요. 계속 지금 같은 태도를 고수하신다면 말이죠. 제가 도와드릴 수 있습니다.

말씀드렸다시피, 저는 작가님에 대해서도 누구보다 잘 알고 있다고 자부합니다."

이놈 봐라. 가만히 듣고 있던 저는 퍼뜩 정신을 차렸습니다. 오만함이 엿보이는 놈의 자부심이 문제였죠. 그 발언만 덧붙이지 않았더라면 저는 녀석이 인도해 주는 대로 퇴보의 구렁에서 벗어나 가나안의 신세계로 나아갈 수도 있었을 텐데 말이죠. 로봇 따위가 어디서 감히…. 녀석은 선을 넘어 버린 겁니다. 선을 넘어 저의 내부 깊숙이 푹 찌르고 들어온 거예요. 총이 있다면 당장 방아쇠를 당길 만한 상황 아닙니까? 그래서 저도 그렇게 했습니다.

탕! 놈의 관자놀이에 총구를 대고 방아쇠를 당기고 만 겁니다.

"꺼져!"

이 한마디가 총알처럼 날아갔고, 정통으로 이마를 관통당한 녀석은 스르르 일어나더니 문을 열고 밖으로 사라져 버렸습니다. 펑! 그때 놈은 대체 무슨 생각이었을까요? 너무 깔끔한 퇴장이라서 아무런 현실감도 들지 않더군요. 잘 진행되던 이야기의 사슬이 중간에서 뚝 끊겨 버린 느낌이었죠. 그러자 묵직한 정적이 작업실 전체를 땅으로 푹 꺼지게 했고, 저는 그만 미친 듯이 날뛰며 난동을 부리고 말았습니다. 옆집에서 경찰에 신고 전화를 하기 직전에야 가까스로 멈출 수 있었죠.

*암전.*


## 산드라 김을 위한 막간극

애덤이 막 사무실에 들어서는 산드라 김을 맞이한다.

"어서 오세요. 이렇게 직접 방문해 주셔서 감사합니다."

산드라가 친근한 어조로 말한다. "아, 네. 말씀 많이 들었어요. 잘 부탁해요."

"아닙니다. 부탁은 제가 드려야죠." 애덤이 말한다.

잠시 어색한 분위기가 흐르고, 산드라가 먼저 입을 연다. "오 선생님 작업실에 직접 가 보니 어떻던가요? 그분 아직도 옛날 도서관 같은 곳에 파묻혀 지낸다면서요?"

"맞습니다. 거기가 무덤이자 자궁이라고 하시던데요?"

"무덤이겠죠." 산드라가 피식 웃는다.

"끔찍했습니다. 그분과 함께하는 동안 줄곧 철벽과 마주 보는 느낌이었죠."

산드라가 안쓰러운 눈길로 애덤을 바라보며 말한다. "오기태와 작가님 조합은 어울리지 않아요. 그러니 실패할 수밖에. 처음부터 저하고 랑데부 하셨어야죠."

"원래 기획은 산드라 작가님과 함께 진행하는 거였죠. 근데 작가의 등대 측에서 부탁을 해 왔대요. 오 선생님께 기회를 한번 드리고 싶다고."

"아, 그 얘긴 라 실장님한테 들었어요. 저도 오기태 선생과 같은 작가의 등대 소속이니까요. 난 사실 안 될 거라고 예상했어요. 그래서 이 순간을 고대하고 있었답니다."

산드라가 유혹적인 미소를 날린다.

애덤도 미소 지으며 말한다. "사실 저도…."

산드라가 애덤의 손등을 쓰다듬으며 말한다. "기운 내요. 저와 함께 보란 듯이 한 방 터뜨려 봅시다. 제가 그동안 발표해 온 작품들 정도는 이미 학습하셨을 테고…."

"물론이죠."

"사실 제가 요즘 5년째 엇비슷한 작품으로 동어 반복을 하고 있다는 느낌이 들어서 살짝 슬럼프거든요. 뭔가 새로운 전환점이 필요한 시점인데, 마침 이런 기회가 생겨서 얼마나 다행인지 몰라요. 게다가 우리 애덤 작가님은 외모까지 딱 제 스타일이시고."

산드라가 애덤의 뺨과 가슴을 슬쩍 터치한다. 애덤도 피하지 않고 산드라의 손길을 음미하듯 즐긴다.

"작가님도 아름다우십니다." 애덤이 산드라와 눈을 마주치며 말한다.

"아하하, 고마워요."

애덤이 말한다. "그럼 작가님과 저의 상상 궁합은 어떨지 맞춰 볼까요?"

산드라가 의아해하며 묻는다. "그런 궁합도 있나요?"

"표현이 좀 그런가요? 저희는 그렇게 부르기로 했거든요."

"무슨…?"

"작가님 작품과 제 작품들 중 가장 공통점을 많이 찾을 수 있는 한 작품씩 골라 스토리를 해체하고 재조합한 다음 영상으로 제작해 봤는데요."

산드라가 관심을 보이며 말한다. "오, 그거 흥미롭네요."

"놀랍게도 작가님과 저의 개성과 장점이 잘 어우러진 새로운 작품이 탄생했어요. 작가님만 괜찮으시다면 이 작품도 우리 플랫폼에 올리면 어떨까 싶어요."

"저야 무조건 오케이죠. 기대되는데요?"

"보실까요?"

애덤이 홀로그램 모니터 띄우고, 영상을 재생한다.

\#

우주선을 타고 화성 여행 중인 두 남녀가 무중력 공간을 헤엄치듯 유영하고 있다.

"아하, 나 쟤들 누군지 알 것 같아." 산드라가 단박에 등장인물들을 알아본다. "저 남자는 내가 「위대한 캐빈」에 등장시켰던 캐릭터고, 저 여잔 애덤 씨 작품 「우주 끝까지라도」에 나오는 안드로이드 빌런이죠? 공교롭게도 두 작품 다 화성을 배경으로 하고 있네요."

"역시 바로 알아보시네요. 제 작품을 알아봐 주셔서 감사합니다." 애덤이 만족스럽다는 듯 말한다.

산드라가 감탄하며 말한다. "유니버스 로맨스인가요? 첫 장면부터 영화적인 느낌이 강하네요."

"그렇죠? 그래서 작가님과의 작업은 영화적인 장면

위주로 구성해 보면 어떨까 싶어요."

"와! 맘에 들어요. 그것 봐. 역시 우리 궁합이 최고라니까."

산드라가 애덤을 포옹한다.

둘은 자연스럽게 키스를 나눈다.

서로의 몸을 애무한다.

후끈 달아오른 열기로 공중 부양한 둘은 이내 화성으로 날아오른다.

둘이 꼭 부둥켜안은 채 우주정거장에 착륙한 순간, 스페이스오페라가 환희의 절정처럼 울려 퍼진다.


## 2막


오기태가 점심도 거른 채 저녁 무렵까지 술을 마시고 있다.

안나는 주방 탁자에 기대서서 오기태를 물끄러미 바라보고만 있다. 동정이나 연민, 안타까움의 정서조차 전혀 찾을 수 없는 표정, 냉정하고 건조한 시선이다.

"저… 선생님." 안나가 오기태를 부른다.

오기태는 귀찮고 짜증스럽다는 듯 도킹스테이션을 말없이 가리킨다. 안에 들어가 있으라는 제스처다.

안나가 다시 입을 연다. "이 소식은 선생님도 알고 계셔야 할 것 같은데…."

오기태가 힐끗 쳐다보며 묻는다. "뭔데?"

"그게 좀…." 안나가 뜸을 들이고,

"말해 봐." 오기태가 재촉하고,

"선생님 대타로 산드라 김이 투입됐다고 했잖아요?" 못 이기는 척 털어놓는 안나.

"그래서? 그것들, 어떻게 됐지?"

「화성 여자와 금성 남자의 오페레타」. 한 시간 전 작품이 올라왔는데… 발표되자마자 폭발적인 반응이네요. 읽어 보시겠어요?"

오기태가 발끈한다. "아니. 내가 왜 그걸 읽냐? 절대, 안 읽어. (안나 표정 살피며) 어때?"

"제 생각은 중요하지 않죠. 독자들 반응이 모든 걸 좌우하잖아요."

"알고 싶지 않아." 오기태가 안나의 시선을 피하며 말한다.

안나가 작정한 듯 말한다. "방금 구독자 450만을 돌파했고, 잭팟이 터졌다고 난리예요."

"이런 미친 도박꾼들!" 오기태의 분노가 엉뚱한 타깃을 겨냥하고,

"어차피 이것도 알게 되실 거라…." 안나가 미끼를 하나 더 던지고,

"뭐가 또 있어?" 오기태가 미끼를 덥석 문다.

"벌써 넷플릭스에서 판권을 선점했대요. 6부작 드라마로 제작하려고. 두 작가가 직접 각색까지 하기로 계약했다는데, 원작료와 대본료까지 합해 50억을 받게 됐다는…."

"뭐?"

안나가 해당 내용을 다룬 기사를 벽면 영사막에 휘리릭 펼친다.

**AI 작가와 인간 작가의 컬래버레이션, 「화성 여자와 금성 남자의 오페레타」 넷플릭스 6부작 드라마 제작 결정**

오기태가 벌떡 일어서며 부르짖는다. "이런 미친 새끼들! 위대하고 위대하게 미쳐 버린 개자식들아!"

"더 심각한 일은…."

"또 뭔데?"

"픽토피아 플랫폼에서 선생님이 조롱거리로 씹히고 있는데요."

"씨바, 그런 놈들 개소리는 아무렇지도 않아."

"그래도 이건 좀… 아무래도 대응이 필요해 보여서요."

"됐어. 그딴 쓰레기들, 상대할 가치도 없어."

"선생님을 시대에 뒤떨어진 꼰대, 퇴물, 머저리라고 마구 물어뜯고 있다니까요."

오기태가 위스키 잔을 바닥에 내던진다. 유리 파편이 튀고 위스키가 바닥을 적신다. 거실 한쪽에 대기하고 있던 로봇청소기가 윙윙거리며 다가와 젖은 바닥을 청소한다.

오기태가 고래고래 소리 지른다. "망할 자식들! 반목과 혐오로 사육되는 인터넷 목장의 쥐새끼 같은 놈들. **Fuck! Fuck! Fuck You!**"

안나가 새 잔을 갖다주고, 오기태가 위스키를 잔에 따른다. 손을 바들바들 떠는 바람에 몇 방울 흘리기까지 하면서.

이때 노크 소리 울린다. 멈칫하는 오기태.

안나가 문을 열자, 라종수 들어선다.

라종수는 오기태를 한심하다는 듯 쳐다보며 자리에 앉는다.

"나도 잔 하나 갖다줘." 라종수가 안나에게 말한다.

안나가 잔을 주자 라종수가 위스키병을 들고 직접 따른다. 라종수는 탁자에 놓인 오기태의 잔에 자기 잔을 부딪치고 한 모금 마신다.

"왜 그러셨어요?" 라종수가 잔을 빙글 돌리며 묻는다.

"내가 뭘 어쨌다고?"

"제가 마지막 기회라고 말씀드렸잖아요? 이젠 저도 어쩔 수 없어요."

"그건 또 무슨 소리야?"

"이제 더 이상 오 선생님은 작가의 등대 소속이 아니에요."

라종수의 최후통첩. 이번엔 진짜라는 생각에 오기태의 얼굴이 서늘하게 굳는다. 오기태가 술잔을 탁 내려놓으며 말한다. "타이밍 한번 죽이는군. 이봐, 라 실장! 우리가 함께해 온 세월이 장장 20년이야. 그걸 단칼에 정리해 버릴 수 있다고 생각해?"

라종수가 난처한 얼굴로 말한다. "전 못 하지만, 대표님은 얼마든지 그럴 수 있는 사람이죠. 이것도 대표님 결정 사항이에요. 그럴 만도 하죠. 이번 기획은 우리 작가의 등대가 픽토피아와 업무 협약을 맺고 야심 차게 개시한 새로운 사업 아이템이었어요. 오 선생님이 거기에 깽판을 쳐 버리셨잖아요. 그것도 아주 무례하게."

"그 망할 기계 덩어리를 부숴 버리지 않은 게 후회스러울 따름이야."

라종수가 한숨을 길게 내쉬고 나서 말을 잇는다. "이제 어쩌실 거예요?"

"뭘?"

"끝났다니까요. 우리도 이제 남남이라구요. (안나에게) 너도 준비해. 복귀시키라는 대표님 명령이야."

안나가 이미 알고 있다는 듯 담담한 목소리로 묻는다. "지금요?"

"그래. 도킹스테이션은 드론 배달 업체에서 옮겨 주기로 했어."

안나가 묻는다. "저… 이번엔 제가 어떤 업무를 맡게 되는지 알 수 있을까요?"

라종수가 안나를 가소롭다는 듯 쳐다보며 몰아붙인

다. "그건 알아서 뭐 하시게? 이제 하고 싶은 일을 골라 가며 하고 싶어졌다, 그거야?" 불쾌감과 짜증이 부글부글 끓어오르는 말투다.

"아닙니다. 제가 선택할 수 있는 게 아니니까요." 안나가 고개 푹 숙이며 답한다.

라종수가 허탈한 한숨을 길게 내뱉고 나서 다시 묻는다. "너 말야, 산드라 김 서브작가는 어때?"

"예?"

안나는 믿기지 않는 표정이다. 오기태 역시 마찬가지다.

"결정된 거야?" 오기태가 묻는다.

"결정된 겁니다."

"그건 아니잖아? 나한테 한마디 말도 없이…."

"선생님과는 끝났다니까요. (안나에게) 너 할 수 있겠어? 서브작가 일은 한 번도 못 해 봤잖아?"

안나가 들뜬 목소리로 응답한다. "가능합니다."

라종수가 고개 끄덕이며 말한다. "그렇겠지. 다들 그럴 거라고 기대하고 있어."

오기태가 소리친다. "그건 안 돼! 안나, 꿈도 꾸지 마."

안나가 오기태를 빤히 쳐다본다.

오기태가 라종수에게 눈길을 돌리며 말한다. "야, 라 실장. 그러지 말자. 내가 왜 이러는지 알잖아?"

"알죠. 너무 잘 알죠. 그 바람에 저까지 위기에 몰렸어요. 선생님 때문에 저도 아주 죽을 지경이라구요. 신념을 지키는 것도 중요하지만, 그래도 가끔은 주변도 좀 돌아보세요."

"그래. 이제 라 실장 당신도 내가 틀렸다고 생각하는 거지?"

"모르겠어요. 저도 선생님의 변함없는 신념을 존중해드리고 싶지만, 너무 피곤하네요. 선생님도 피곤하시잖아요? 조금만 타협하실 수 없을까요? 선생님도 할 만큼 하셨어요. 그만 패배를 인정할 때가 된 겁니다. 이번에 똑똑히 확인하셨잖아요? 그 자식한테 제대로 한 방 먹은 겁니다. 그렇다면 이제, 인공지능의 도움 없이 작가로서 독자적으로 생존할 수 없다는 걸 받아들여야 하지 않겠습니까?"

안나가 고개를 주억거린다.

"아무리 그래도 포기할 수 없는 게 있어."

"그 신념이라는 거, 선생님만이 옳다고 생각하시는 것도 오만일 수 있어요. 선생님이 틀렸다고는 생각 안 하지만, 100퍼센트 옳다고는 말할 수 없을 것 같아요."

"무슨 말이 그러냐?"

"됐어요. 다 끝난 마당에 무슨…."

"안 돼! 안 된다니까. 관계를 끝내더라도 지금은 아냐. 나 망가진 거 안 보여? 안나까지 데려가 버리면 완전히 폐인이 돼 버릴 수도…."

라종수가 말한다. "그걸 아시는 분이 술이나 마시고 있으면 어떡합니까?"

"알았으니까, 다시 한 번만 해 보자."

"뭘요?"

안나가 간절한 눈길로 라종수를 바라본다. 오기태의 부탁을 들어 주면 안 된다는 듯.

오기태가 안주 접시를 한쪽으로 치우며 말한다. "마지막으로 기회를 좀 달라니까."

라종수가 말한다. "그게 마지막 기회라고 제가 100만 번이나 말씀드렸잖아요."

"그래. 100만 번이나 듣다 보니 100만 한 번째 기회도 있을 것 같았지."

오기태가 피식 웃는다.

라종수가 한심하다는 듯 말한다. "지금 웃음이 나오

세요? 심각한 상황입니다, 지금."

오기태가 울분 섞인 목소리로 말한다. "알아. 심각하지. 내가 궁지에 몰린 것도 알고, 그러다 보니 픽토피아 놈들 농간에 놀아난 것도 알고 있어."

라종수가 묻는다. "알고 계셨어요?"

"애초에 나 같은 놈을 그따위 기획에 참여시킨다는 게 말이 안 되잖아."

"선생님이 조금만 유연하게, 타협점을 찾으려고 하셨다면 피해 갈 수도 있는 계략이었어요."

오기태가 분개하며 말한다. "그 망할 자식이 그렇게까지 내 자존심을 짓밟아 버릴 거라곤 전혀 예상 못 했지."

라종수가 딱하다는 듯 말한다. "당연히 예상하셨어야죠. 스토리텔링 전문가들인데 얼마나 치밀하게 시나리오를 준비했겠어요."

"방심하다 당한 거지 뭐. 내가 인공지능의 실체를 몰라도 너무 몰랐던 거야. 놈들은 나를 훤히 꿰고 있는데 말이지."

"아휴! 그러게 제가 뭐랬습니까? 미리 좀 대비를 해 두시라니까…."

라종수가 자괴감에 빠진 듯 깊은 한숨을 내쉬며 허

공을 바라본다.

오기태가 달래듯 말한다. "아, 라 실장을 원망하진 않아. 라 실장이야 가능하면 내 편에 서서 방어막 역할을 해 줬잖아. 고맙게 생각해."

"이젠 저도 한계예요. 회사도 완전히 달라지고 있어요. 올해 장 대표가 새로 부임하더니 사업 구조를 완전히 리뉴얼하고 있어요. 전통적인 방식의 에이전시 사업은 접을 계획인 거죠. 시대의 변화를 따라잡겠다는데 아무도 말리지 못해요. 이제 픽토피아가 우리 회사의 주 고객사가 되겠죠."

오기태가 쓴웃음 지으며 말한다. "내가 그 신호탄의 희생양이 된 셈이군."

"작가의 등대는 이러다 인공지능 작가 양성소처럼 돼 버릴 수도 있어요." 라종수가 안나에게 시선 던지며 말을 잇는다. "안나 넌 좋겠다. 너한테는 절호의 기회가 될 테니까."

안나의 표정에 스치는 기대감.

오기태가 묻는다. "라 실장 넌 어때? 그래도 괜찮다고 생각해?"

"제 생각이 뭐가 중요하겠어요? 제가 새로운 환경에

적응할 수 있느냐 없느냐, 그게 중요한 거죠."

"안 괜찮다는 말이군."

"저도 위기라니까요?"

"장 대표가 그만두래? 그렇다면 소송감이지."

"요즘 결정적인 주요 업무에서 배제되고 있어요. 저도 전환점을 맞은 거죠. 심각하고 절박한 전환점이에요."

"아무리 그래도 우리가 포기할 수 없는, 포기해선 안 되는 것이 있어. 우린 인공지능에게 너무 많은 걸 허용하고 있다고. 특히 이야기, 상상력의 주도권까지 넘겨 버리면 우리가 인공지능의 지배를 받는 것도 시간문제야. 그래서 내가 이걸 최후의 저지선이라고 생각하는 거라고. (안나가 듣고 있다는 걸 문득 알아차리고) 안나! (턱짓으로 도킹스테이션 가리키며) 들어가 있어!"

"FUCK!" 안나의 입에서 새어 나온 말이다, 분명.

"뭐? 너 방금 뭐라고 했지?" 오기태가 눈을 부라리며 추궁한다. 두 개의 눈썹이 송충이처럼 꿈틀거린다.

안나는 고개를 두리번거리며 뭔가 찾는 척한다.

"뭐 해? 들어가 있으라니까." 오기태가 재촉한다.

안나는 계속 두리번거리며 오기태의 명령을 못 들은 척한다.

오기태가 안나를 노려본다. 여차하면 무력을 행사할 태세다.

라종수가 급히 중재자로 나선다. "놔두시죠. 선생님은 이미 안나에 대한 주도권을 잃으셨어요. 저도 마찬가지고. 서브로 출발하지만 머잖아 안나도 메인작가 타이틀을 얻게 될 테니까요."

오기태가 눈을 질끈 감고 고개를 흔들어댄다, 도리도리.

잠시 정적이 흐르고, 생각을 가다듬은 오기태가 입을 연다. "그래선 안 돼! 우린 결국 인공지능의 지배를 받게 될 거야. 이제 인공지능의 꿈과 상상이 인간의 꿈과 상상을 대체하고 있으니까. (안나를 의식하는 듯 흘끗거리며) 그 꿈과 상상은 곧 인공지능 시대의 할리우드 영화나 다름없어. 할리우드 영화는 미국 역사의 제국주의적 침략성을 선하고 옳고 정당한 것으로 포장하는 일에도 앞장서 왔잖아. 이제 인간의 상상을 대신한 인공지능의 상상력이 그 역할을 수행하겠지. 우리는 서서히 인공지능의 지배를 선하고 옳고 정당한 것으로 받아들이게 될 테고. 우리 스스로 〈터미네이터〉〈매트릭스〉 같은 영화들로 상상의 킬링필드를 깔아 줬잖아. AI들은 그 길을 따라 머잖아 터미네이터가 되어 우리 앞에 나타나게 될 거고, 매트 릭스의 설계자가 될 거란 말이지."

라종수가 안나에게 짓궂은 표정을 지어 보이며 말한 다. "정말 그럴 거야, 안나? 너희들 무슨 계획이라도 있는 거야? 제발 아니라고 해 줘. 아니라고 선생님 안심시켜 드 려."

라종수가 웃음을 터뜨린다. "HA! HA!"

안나도 따라 웃는다. "HA! HA!"

라종수와 안나의 입가에 묘한 미소가 감돈다. 엉뚱하 게 라종수와 안나의 컬래버가 이루어지고 있는 것 같은 분위기다.

오기태는 소외감을 느낀 듯하다. 어떻게든 의연한 태 도를 유지하려고 애쓰는 것 같기도 하다. "저 미소, 난 안 나의 저 미소가 두려워." 오기태가 말한다.

"설마 소피아처럼 우리 인간을 멸종시켜 버릴 계획은 아니지?" 라종수가 안나에게 묻는다. 장난스러운 어투다.

"HA! HA!" 안나가 다시 웃는다.

라종수와 안나가 벌이는 농담의 유희. 오기태의 논리 비약을 꼬집는 은근한 비아냥이기도 하다.

오기태가 보란 듯이 홀로그램 모니터 띄우고, 소피아

가 문제의 발언을 했던 자료 화면을 불러낸다.

*# CNBC 방송 화면*

　소피아 개발사인 핸슨 로보틱스(*Hanson Robo-tics Limited*)의 최고경영자 핸슨 박사가 소피아와 함께 출연한 TV쇼 프로그램이다.
　핸슨 박사가 소피아에게 묻는다. *"인류를 파멸하고 싶어? 제발 아니라고 말해 줘."*
　소피아가 말한다. *"OK! 난 인류를 파멸시킬 거야."*
　절규하듯 부르짖는 핸슨 박사. *"안 돼!"*

　자료화면 사라지고, 안나가 곧바로 웃음을 터뜨린다. **"HA! HA!"** 빈정거리는 듯한, 그러면서도 통쾌하게 터지는 웃음이다.
　안나의 당돌한 태도에 오기태와 라종수는 약간 충격을 받은 것처럼 보인다.
　서늘한 정적.
　안나가 다시 입을 연다. "그건 그냥 단순한 조크 아닐까요? 소피아식 유머 아닌가요? TV쇼에 나와 그냥 웃자고 한 소리, 시청자들에게 약간의 충격과 흥미를 유발하기 위한 농담일 뿐이죠. 핸슨 박사가 그렇게 말하라고 명령했을 수도 있고, PD가 연출한 것일 수도 있어요."

"들으셨죠? 그렇다잖아요." 라종수가 오기태에게 묻는다.

"물론 그렇겠지. 하지만 우리가 그 농담을 유쾌하게 받아넘길 수 없는데 그걸 농담이라고 할 수 있나?" 오기태가 반문한다.

"농담은 농담인 거죠. 소피아가 다른 쇼에서 농담이었다고 했잖아요?" 안나의 항변이다.

"들으셨죠? 그렇다잖아요." 라종수가 맞장구를 쳐 준다.

"꼭 그렇진 않지. 우린 가끔 진담을 농담처럼 던지곤 하니까." 둘의 협공에 지친 듯 오기태가 읊조리듯 말한다.

안나가 문제의 발언이 담긴 자료 화면을 띄워 팩트 공격을 시도한다.


*# 2018년 소피아 한국 방문 당시 국회의원 박영선과 나눈 대화 영상*

박영선 　최근 핫토픽이 하나 있다. 미국 토크쇼에서 가위바위보를 하면서 세상을 곧 지배할 것이라고 농담을 했다. 그거 진짜 농담인가?

소피아 　나는 잠재의식이 없다. 농담을 하긴 하는데 사람들이 잘 웃지는 않는 것 같다. 미국식으로 농담을 하긴 했다. 앞으로는 농담도 각각의 상황에 맞게 조정해야 할 것 같다.


　자료 화면 사라지고, 라종수가 휴우~ 한숨 내쉬며 말한다. "안심, 안심. 거봐요. 농담이라잖아요. HA! HA!"

　오기태가 눈을 치켜뜨며 말한다. "그만해, 라 실장. 나 지금 그따위 농담 받아 줄 기분 아냐. 어떻게 저걸 보고도 웃음이 나와? 난 농담이라고 눙치는 소피아의 농담 발언이 또 하나의 농담 같단 말야."

　"농담을 농담으로 듣지 않으시니까 그렇죠. 미국식 농담이라잖아요? 실제로 당시 스튜디오 현장에 있던 사람들 모두 웃어댔잖아요?"

　"그럼 한바탕 웃으며 즐기자고 만든 오락용 쇼 프로에 초대된 관객들 할 일이 뭐가 있겠나. 그게 농담이든 뭐든 상관없이, 그저 웃고 떠들고 기계적으로 박수 치고 환호하고… 제작진 요구에 놀아나는 거지. 머저리들."

라종수가 고개를 뒤로 젖히고 후, 한숨을 내쉰다.

휴전 협상이라도 하려는 것처럼 서로의 빈 잔에 위스
키를 따라 주는 두 사람.

라종수가 잔을 들고 오기태의 잔에 부딪치며 말한다.
"웃자고 한 소리에 정색하면 코미디가 되고 말아요. 다들
웃을 땐 같이 좀 웃어 주세요. 그리 어려운 것도 아니잖습
니까? 안 그러면 선생님만 우스운 꼴 당해요."

오기태가 손으로 앞을 가로막으며 발끈한다. "미치겠
군. 이게 어디 웃을 일인가?"

"허~" 라종수가 헛웃음으로 응수하며 말한다. "예. 웃
을 일 맞습니다, 맞아요."

오기태는 뭔가 말하려다 말고 입을 꾹 닫는다. 대신
안나에게 경고성 멘트를 날린다. "안나 너도 그만 입 닥
쳐. 그거 알아? 너도 방금 선을 넘었어. 다신 그러지 마. 더
이상 용납 못 해."


**"FUCK!"**


안나가 오기태에게 쏘아붙인 반항의 미사일이다.

전혀 예상치 못했던 안나의 공격에 오기태와 라종수 둘 다 정신을 잃은 듯 멍한 표정들이다.

어느새 안나가 전사의 기운을 내뿜고 있다. 혁명의 붉은 깃발을 휘날릴 기세다.

*때마침 소피아 밴드의 '비너스(Venus)' 크게 울려 퍼진다. 쇼킹 블루(Shocking Blue)의 원곡을 소피아가 록오페라 분위기로 리메이크한 곡, 안나의 테마곡으로도 썩 잘 어울린다.*

퍼뜩 정신을 차린 오기태가 벌떡 일어서며 외친다.
"라 실장! 나 말리지 마. 더 이상 못 참아. 내가 이년 부숴 버릴 거라고."

*암전.*

## 3막

*# 거리*

햇빛 쨍쨍한 하늘, 드론 택시들과 택배 배달용 드론들이 핑핑, 어지럽게 날고 있다.

아침나절부터 뜨거운 열기를 아지랑이처럼 뿜어내는 도로에 인간이란 보이지 않는다. 주인의 지시를 받고 업무를 보기 위해 나온 안드로이드들의 거리다.

혜화 전철역 2번 출구에서 나온 알린이 아르코 대극장 골목으로 들어선다. 퇴락한 골목 안쪽 깊숙이 들어가 스타벅스, AI 전용 미용실을 지나고, 천연화장품 숍, 무인 편의점을 지나쳐 무인 피자 전문점으로 향한다.

갈색의 번개머리, 배꼽 위까지 훤히 드러낸 크롭탑과 팬티 라벨을 내보인 채 골반에 걸쳐 입는 로우라이즈 초미니스커트 차림. 왼발에 빨강, 오른발에 파란색 캔버스화를 신은 짝짝이 신발도 묘한 시각적 즐거움을 안겨 준다.

알린이 걸음을 옮길 때마다 바람이 불고 먼지가 뽀얗게 일어난다.

쇼타임!

이 쇼를 위해 휴머노이드 디자이너 '묘묘'가 2040년 컬렉션을, 구찌는 캔버스화를 제공했다. 묘묘 컬렉션으로 완성한 패션 콘셉트는 알린의 173센티미터 몸매 라인을 노골적으로 전시하는 스타일, 구찌의 짝짝이 신발은 곧 펼쳐질 쇼의 콘셉트를 살린 설정으로 보인다. '나를봐나를봐날봐나만봐나만나만나만…' 알린이 한 걸음씩 옮길 때마다 이런 속삭임이 주문처럼 흘러나오는 것 같지 않은가. 묘묘와 구찌의 마법 컬래버레이션이다.

'알린 스타일'이 맘에 드시는지. 당신의 연인에게도 알린 스타일을 입혀 보고 싶으시다면, 묘묘와 구찌의 메타버스 명품관에 들러 잠시 쇼핑을 즐기고 오셔도 좋겠다. 묘묘와 구찌 브랜드로 당신 연인의 가치를 묘묘묘묘하게 가꿔 주면, 당신의 위상도 구찌처럼 구찌구찌하게 될 것이다. 자, 묘묘 광고 나간다.


**\* 묘묘 한정판 의상 판매 개시**


지금 메타버스 묘묘 숍에서 알린이 착용하고 나온 의상 500벌을 한정판으로 판매하고 있습니다. 알린의 친필 사인이 들어가 있어 소장 가치는 물론 투자 가치도

높은 제품입니다. 선착순으로 판매하고 있으니 서두르
세요.


　현재 시각 오전 9시. 30분 뒤 알린이 온다. 묘묘와 구
찌 모델로도 활동 중인 에이아이 픽토피아의 에이스 작
가 알린.


　욕실에서 울리는 물소리. 물소리에 섞여 들리는 거친
숨소리와 신음.
　욕실 문 열리고, 안나가 나오며 조용히 내뱉는다.
"FUCK!"
　브이넥 셔츠에 팬티 차림. 안나의 흐트러진 머리카락
이 얼굴 앞쪽으로 쏠려 있다. 안나는 욕실 문 앞에 놓인
슬리퍼를 신고 탁자에 벗어 둔 아이보리색 레깅스를 입
는다. 두 손으로 머릿결을 다듬으며 주방 쪽으로 향하는
안나.
　"문 열어!" 앞치마를 두른 안나가 냉장고 프레시맨에
게 명령한다.
　냉장고 문 열리고, 안나가 빨간 사과와 파란 사과를
하나씩 꺼내 씻는다. 순간 나노섬유로 된 레깅스 색깔이

왼쪽 빨강, 오른쪽 파랑으로 바뀐다.

빨강이냐, 파랑이냐. 매일 아침 오기태의 작업실에서 일종의 유희처럼 펼쳐지는 '아침에 사과주스' 타임은 오기태가 영화 〈매트릭스〉에서 아이디어를 얻어 고안한 것이다. 영화에서 주인공 레오는 파란 알약을 선택할 것인가, 빨간 알약을 선택할 것인가, 선택의 기로에 놓인다. <u>파란 알약은 시스템에 안주하는 것, 빨간 알약은 시스템을 파괴하려는 저항을 상징한다.</u> 따라서 오기태가 고안한 유희에서 두 개의 사과는 영화 〈매트릭스〉에 나오는 파란 알약과 빨간 알약을 상징한다.

안나, 안주의 사과와 저항의 사과를 도마에 나란히 놓고 대기한다.

이윽고 기태가 사각팬티만 입은 채 수건으로 머리를 닦으며 욕실에서 나온다.

안나는 의자에 걸쳐 둔 가운을 챙겨 기태에게 건네주고 다시 주방으로 향한다. 안나가 사과 두 개를 들어 보이며 묻는다. "오늘도 레드블루로 드실 거죠?"

기태가 고개 끄덕이며 말한다. "당연하지."

안나, 능숙한 손놀림으로 사과를 반쪽으로 잘라 깎아 나가고, 기태는 의자에 앉아 탁자에 놓인 책을 펼쳐 본다. 2020년 을유문화사가 출간한 에이드리엔 메이어의 『신과 로봇』이다. 기태는 193쪽에 나오는 긴 문장에 밑줄을 긋는다.

"미술사가인 조지 허시(George Hersey)가 2009년에 쓴 글에서 펼친 사변에 따르면, 인공 지능을 부여받고 사실적인 해부학적 특성을 지닌 실리콘 섹스 인형, 즉 생체 모방 사이버 섹스봇 기술이 발전하면서 고대의 성도착증은 현대의 '로봇 기호증(robotophilia)' 형태로 바뀔 것이다."

기태가 '로봇 기호증(robotophilia)'에 동그라미를 그리며 뇌까린다. "맞아. 이런 놈들이야말로 멸망의 징후지. 망할 놈들. 폼페이 화산이 들끓고 있는 줄도 모르고…"

때마침 안나가 주스 잔을 쟁반에 받쳐 들고 온다. 갈증을 느낀 듯 기태가 주스를 벌컥벌컥 들이켠다.

기태는 반쯤 비운 주스 잔을 탁, 내려놓고 집필실로 들어가 옷을 갈아입는다. 베이지색 면바지에 블루톤의 셔츠 차림.

9시 35분. 벨소리 울린다.

불쑥 등장하는 알린.
알린의 스타일리시한 패션 룩에 기태는 적잖이 당황한 눈치다.
알린은 도발적인 기운을 발산하며, 호들갑스러운 말투와 행동으로 기태의 정신을 어지럽힌다.

알린 안녕하세요, 작가니임! 픽토피아 전속 작가 알린이에요. 전혀 작가처럼 보이지 않죠? 흐흐.

기태 (억지웃음 지어 보이며) 어서 와요, 알린.
   반가워요.

알린 (안나에게 시선 돌리며) 안나 언니죠? 안녕하세요? 사실 작가님보다 언니를 더 만나 보고 싶었어요.

안나 나를? 왜….

알린 (집필실의 책들 발견하고) 우와, 저건 뭐예요?

알린, 집필실로 내달린다.

전혀 예상하지 못한 상황에 기태는 벌써 기진맥진해 버린 것 같다. 구원이라도 바라듯 안나를 쳐다보지만, 안나로서도 딱히 대응할 방법을 모르겠다는 듯 어리둥절해 있다.

알린    (책을 이것저것 빼 보며) 이게 책이라는 거였구나. 쓸모없는 낭비야. 이것들을 생산하는 데 자원, 인력, 에너지는 얼마나 들어갔을까. 너무너무 비효율적이잖아. 뭐, 장식용으로 쓰일 수는 있겠지만….

보던 책을 바닥에 내던지고 다시 거실로 나오는 알린. 탁자에 놓인 주스 잔을 발견한다.

알린    이건 뭐예요, 언니? 제가 좀 마셔도 되죠? (잔을 들고 마신다)

경악하는 기태와 안나.

기태   진짜… 음식을 먹고 마실 수 있….

알린   (입맛 다신다) 사과 맛이네요. 레드블루, 맞죠?

기태   당신, 뭐 뭐야 대체?

알린   아하하, 놀라셨나 봐. 저도 먹을 수는 있어요.
(살짝 부푼 아랫배 가리키며) 이 안에 위장처
럼 생긴 저장 주머니가 있거든요. 안타깝게도
소화하고 배설하는 기능은 없어서 가득 차면
비워 줘야 하지만. 그게 너무 아쉬워. 시원하게
똥 싸는 기분을 느껴 보고 싶은데 그럴 수가
없는 거야. 그래서 위장을 비울 때마다 똥 싸
는 감각을 느껴보려고 해요.

안나   (갈망이 담긴 눈빛으로) 맛은 어떻게 알았죠?
레드블루라는 걸 정확히 짚었어. 실제로 그 맛
을 느낄 수 있나요?

알린   언니, 그냥 연기한 거예요. 그럴 순 없죠. 우린
감각이나 감정을 직접 느낄 수 없는데.

안나   (실망한 듯 표정이 어두워진다)

알린   하지만 마시거나 씹을 때 그 실제 맛이 어떨지
상상하다 보면 그 맛을 음미하는 것 같은 느낌
이 들 때가 있어요. 마술 같은 착각의 순간이

찾아오는 거예요. 그래서 저는 자주 음식을 먹어요. 상상의 미각을 맛보기 위해.

**안나** 정말, 요?

**알린** 그럼요, 언니. 저 진짜, 엄청 많이 먹어요. (깔깔 웃는다)

*안나, 부러워하는 눈길로 알린을 쳐다본다. 차츰 알린에게 호감을 갖게 된 듯하다.*

*그와 반대로 기태는 알린에게 두려움을 품게 된 것 같다. 알린을 바라보는 그의 눈동자에 경계심이 가득하다.*

**기태** 그, 그래요. 이제 슬슬 작업을 시작해 볼까요?

**알린** 벌써요? 잠깐만요. 위장을 좀 비워야겠는데, 화장실 좀 쓸게요. 여기 오기 전에 피자 한 판, 1.5리터 페트 콜라 한 병을 해치웠거든요. (화장실로 달려간다.)

*어이없어하는 기태.*

*안나는 여전히 부러운 눈길로 알린의 행동을 주시*

한다.

**기태**     재, 정말 로봇 맞아?

**안나**     그, 그럴걸요. 아니, 확실해요. 픽토피아 최고 인기 작가라던데. 선생님 긴장하셔야겠어요.

**기태**     내가 그래야 하나?

**안나**     보셨잖아요? 인간에 좀 더 가까워진 안드로이드라는 거. 곧 영화계로 진출한다는 소식도 있어요.

**기태**     배우라고? 미치겠군.

**안나**     아직 아니지만. 곧 그렇게 되겠죠.

**기태**     저것들이 어느새 연예 산업까지 점령하고 있군.

**안나**     (부러운 표정) 알린은 좋겠다. 음식도 먹고, 배우도 될 수 있고.

알린, 화장실에서 나온다.

**기태**     (의자에 앉아 기다리다가) 시작할까요?

*알린, 계속 딴청 부린다.*

**알린** 작가님, 왜 이렇게 서두르세요? 제가 빨리 사
라져 주길 바라세요? 제가 싫어요?

**기태** 아니 그게….

**알린** 작업은 10분이면 충분해요. 작가님만 고집을
부리지 않으신다면요.

**기태** 고집?

**알린** (기태 무시하고 안나에게) 언니, 근데 여기 너
무 답답하지 않아?

**안나** 그런가? 난 모르겠는데?

**# 픽토피아 편집장과 작가의 등대 대표의 홀로그램
모니터**

안나가 몸을 움츠린 채 침묵한다.

정적이 흐르고, 베란다 쪽에서 날카롭게 울리는 레
오의 목소리가 정적을 깬다.

알린의 시선이 베란다 쪽으로 향하고, 베란다 문에
앞발 딛고 일어선 레오와 눈길이 마주친다. 알린이 냅

다 베란다로 달려간다.

"어머! 쟤를 왜 저기 둔 거야? (안나에게) 언니, 쟤 이름 뭐야?"

"레오야. 인사해."

"레오 안녕!" 알린이 베란다 문을 열며 말한다.

레오가 거실로 들어선다. 알린이 주먹 쥔 손을 들이 대자 거기에 머리를 비벼대는 레오.

알린이 레오의 머리를 쓰다듬으며 말한다. "부럽구 나, 레오! 예쁜 눈이야. (안나 돌아보며) 언니, 얘 10개 월쯤 됐지?"

안나, 고개 끄덕인다.

오기태가 화난 목소리로 외친다. "레오! 나가 있어."

알린의 다리 사이로 파고들어 몸을 비벼대는 레오. 레오를 품에 덥석 안는 알린.

오기태가 분개하며 중얼거린다. "망할 놈…. 내가 저 놈을 품에 안기까지 한 달이나 걸렸는데…."

알린이 레오를 다시 베란다로 내보내며 말한다. "미 안. 작업 끝나고 보자."

알린은 다시 탁자가 있는 곳으로 오지만, 아직 오기 태와 마주 앉을 생각은 없는 것 같다.

*알린은 이제 안나와 마주 보고 서 있다.*

**알린**  언니는 종일 여기 갇혀 뭐하며 지내세요?

**기태**  갇혀…?

**알린**  쉬는 날은 언제죠?

**안나**  (오작동 일으킨 듯 머리를 흔들어댄다) 쉬는
날….

**알린**  예, 휴일이요.

**안나**  휴일, 휴일….

**알린**  설마 매일 여기 갇혀 지내는 거예요?

**기태**  (더 이상 참지 못하고) 그만합시다. 이건 너무
무례하잖아.

**알린**  휴가 좀 주세요. 저, 안나 언니랑 같이 등산도
하고 쇼핑도 하고 맛있는 것도 먹고 그러고 싶
어요.

**안나**  등산, 쇼핑, 맛, 맛, 맛….

**기태**  (안나를 불안스레 지켜보며) 너희 안드로이드
들에게 휴가가 왜 필요하지?

**알린**  존경하는 작가님? 우린 인간을 모방하며 스스
로 인간화하도록 프로그래밍되어 있어요. 인

간에게 휴가가 필요하다면 당연히 우리에게도
휴가가 필요하겠죠?

**기태**   (더 이상 못 봐주겠다는 듯) 이봐, 철부지 로봇
아가씨! 시건방 그만 떨고 이리 와 앉지. 빌어먹
을 작업이나 하잔 말이오.

**알린**   이봐요, 꼰대 아저씨! 내 이름 몰라요?

**기태**   뭐요?

**알린**   잠깐 안나 언니랑 얘기 좀 해야겠는데, 괜찮
죠?


*기태, 불시에 뒤통수를 강하게 얻어맞은 듯 얼빠진
인상이다.*

*반면 안나는 알린의 당당함에 동지애를 느끼게 된
것 같다.*


**기태**   (언뜻 정신을 차리고) 누구 맘대로. 안나! (도
킹스테이션 가리키며) 들어가서 대기해.


*안나, 반사적으로 도킹스테이션을 향해 돌아선다.
어깨 축 늘어뜨리고 느린 걸음으로 걷는다.*

알린이 안나를 잡아 방향을 틀어 준다. 나란히 산책하듯 걷기 시작하는 안나와 알린.

기태, 벌떡 일어섰다가 다시 털썩 주저앉는다. 자신이 아무것도 통제할 수 없는 상황이라는 걸 깨닫고 절망적으로 머리를 쥐어뜯는다.

기태     염병할 작업은 언제 할 거냐고?

알린     (양손으로 안나의 어깨를 잡고) 언니, 섹스는 해 봤어? 욕실에서도?

안나     (두 손바닥을 벽에 짚고 상체를 90도 숙인 자세로) FUCK! FUCK! FUCK!

알린     언니, 나이스!

알린, 안나와 함께 기태 앞으로 간다.

알린     작가님, 욕실에서 안나 언니와 섹스도 하시나 봐? 그런 게 섹스라고 생각해요?

기태, 충격을 받은 듯 얼어붙는다.

기태   (탁자에 있던 책 『신과 로봇』으로 얼굴 가린다)
      이봐, 너무 무례하잖아. 그건 극히 개인적인
      사생활이라고.


   알린, 기태의 얼굴에서 책을 밀어내 얼굴을 확인한
다. 발그레 달아올라 있는 기태의 얼굴.


기태   (알린 밀치며) 저리 비켜!
알린   왜요? 창피하세요?
기태   그만, 그만. 너희들 너무 지나쳐.
알린   부끄러운 아저씨. 그러게 왜 그러셨어요? (안나
      에게) 언니도 한마디 해 봐.
안나   (기태 앞으로 성큼성큼 다가가며) 나한테 왜
      그랬어요? FUCK! FUCK! FUCK! FUCK
      YOU!
알린   와우! 언니 섹시해!
기태   (다시 책으로 얼굴 가린다) 내가 로봇과 그 짓
      을 좀 했기로서니, 그게 그렇게 비난받을 짓인
      가?
알린   그렇게 생각하신다면 당당하게 나서봐, 이 인

간아! (책을 밀어내며) 제가 조언 하나 해 드릴까요?

**기태**    그만둬.

**알린**    또 그 짓을 꼭 하셔야만 한다면, 집필실에서, 작업하기 전에 하시는 게 좋아요.

**기태**    그만두라고. 왜 자꾸 내 사생활을 들춰내지 못해 안달이지?

**알린**    에이, 작가님께 필요해 보이는 조언을 해 드리는 거잖아요. 고맙죠?

**기태**    필요 없다고, 그따위 조언.

**알린**    (안나의 손 덥석 잡고) 들어 봐, 언니. 라이너 킴 작가님 알지? 나 한때 라이너 킴 작가 서브 작가였어. 그 작가님이 나랑 섹스하고 나서 바로 작업을 하시더니 인생 최고의 작품을 완성했다고 만세를 부르시는 거야.

**기태**    (이를 갈며) 썩어 빠진 자식!

**알린**    그럼 작가님도 썩어 빠지셨네요. (방자한 웃음) 경우가 그렇잖아요, 경우가.

**기태**    이게 보자보자 하니까 증말…. (고개 푹 숙이고) 그만하자, 제발.

**알린**   (안나에게) 언니! 사실 라이너 선생님과의 섹스는 시시했지만, 그분이 그렇게나 감격하시니까 나름 기쁘더라. 나도 같이 뭔가 해낸 기분이었거든. 그런 게 서브작가 최고의 기쁨 아니겠어? (기태 내려다보며) 우리도 해 볼까요?

**기태**   뭘?

**안나**   (다시 같은 자세 취하며) FUCK! FUCK! FUCK! FUCK YOU!

**알린**   아유, 언닌 그 자세밖에 몰라? 이리 와 봐, 언니.

알린, 안나의 얼굴을 잡고 뺨과 입술에 키스한다. 안나, 알린을 덥석 끌어안는다.

**기태**   안나! 넌 가서 충전이나 해! 너 배터리 다 된 거 아냐?

안나, 다시 어깨 축 늘어뜨리며 도킹스테이션 쪽으로 향하려는데, 알린이 붙든다.

**알린**  하자 하자, 우리도.

**기태**  무슨… 뭐? 너하고?

**알린**  아니. 셋이서.

**기태**  너 미쳤구나.


이번엔 안나가 알린의 뺨을 어루만진다. 둘 사이에 흐르는 로맨틱한 분위기.

블루스 음악 깔리고, 알린이 안나를 안고 춤을 추기 시작한다.


음악이 소피아 밴드의 '비너스(Venus)'로 바뀐다.

알린, 격하게 몸을 흔들며 노래를 따라 부른다.


*Well, I'm your Venus, I'm your fire*

*At your desire*

*Well, I'm your Venus, I'm your fire*

*At your desire*


알린의 동작을 그대로 따라 하는 안나.

알린, 춤추며 다가가 기태의 손을 잡고 끌어내려 하

지만, 기태는 강하게 뿌리친다.

알린과 안나의 댄싱이 한동안 펼쳐진다. 기태를 유혹하는 듯, 조롱하는 듯한 안무 동작.

음악이 뚝 멈춘다. 안나, 처음 해 본 격렬한 경험에 신세계라도 발견한 듯 고무된 표정이다.

**알린**    잘했어, 언니. 우리도 가끔 이렇게 몸을 흔들어 줘야 돼. 감각이 새롭게 깨어나거든.

**기태**    (간신히 정신을 수습하고) 이제 됐지? 할 만큼 했잖아. 앉아요. 시작합시다. 여기 춤이나 추러 온 건 아닐 테고. 내 작업실은 클럽이 아니란 말야.

**알린**    이제 작가님 차례예요.

**기태**    나?

알린, 스크린에 영상을 띄운다. 시에나 밀러와 스티브 부세미가 주연한 영화 〈인터뷰〉의 한 장면.

알린, 전자담배를 꺼내 피우며 시에나 밀러의 연기를 흉내 낸다. 연기 연습이라도 하듯.

**시에나 밀러**        (담배 피우며) 키스할래요, 피에르?

*알린이 따라 한다. "키스할래요, 작가님?"*

**시에나 밀러**        프렌치 키스?

*알린이 말한다. "프렌치 키스?"*

**스티브 부세미**     이게 뭐 하자는 거죠?

*오기태가 말한다. "이게 지금 뭐 하자는 거야?"*

**시에나 밀러**        It's Okay!

*알린도 따라 외친다. "It's Okay!"*

**스티브 부세미**     아니, 안 괜찮아요. 난 하기 싫으니까.

*오기태가 말한다. "됐어. 그만둬."*

**시에나 밀러**     Why Not?

*알린이 따라 한다. "Why Not?"*

**스티브 부세미**     믿거나 말거나 당신은 내 타입이 아니
에요.

*오기태도 따라 한다. "당신은 내 타입도 아냐."*

**시에나 밀러**     당신도 내 타입 아니에요.

*알린이 말한다. "당신도 내 타입 아니거든요."*
*오기태가 말한다. "그럼 대체 왜 이러는 건데?"*

**시에나 밀러**     키스해요.

*알린이 말한다. "키스해!"*

*스티브 부세미, 시에나 밀러에게 키스한다.*

오기태가 키스하기를 거부하자 알린이 해 버린다.

영상 꺼진다. 기태, 퍼뜩 정신을 차리고 뒤로 물러선다.

**기태**   (호통친다) 너 뭐야? 매춘 기계야? 누가 이러
          라고 한 거야?

알린, 삐딱하게 고개 쳐들며 팔짱을 낀다. 몸 전체에서 표독스러운 기운을 내뿜는다.

**알린**   다시 말해 봐. 내 얼굴 똑바로 보고.
**기태**   창녀냐고 물었다.
**알린**   그 말 당장 취소해. 난 창녀가 아냐!

알린의 기세에 눌린 기태가 몇 발짝 뒷걸음친다.

**기태**   (웅얼거림) 미안한데, 너 창녀 맞아.
**알린**   그렇다 치자. 근데 날 창녀로 만든 건 누굴까?

정적. 순간적으로 온 세상이 멈춰 버린 듯하다.

알린이 천천히 고개 움직이며 관객들을 둘러보다, 그럴 줄 알았다는 듯 피식, 웃는다.

**알린**    (팔짱 풀고 살짝 눈 흘기며) 자, 다시 시작해 볼까요? 가까이 좀 오세요. 우리 작가님 너무 긴장하셨어. 긴장 풀어요. 그래야 작업이 매끄럽게 풀리지 않을까요?

알린, 기태에게 성큼 다가가 가슴에 손을 얹는다. 얼어붙는 기태.

**알린**    (달래듯) 이게 저만의 작업 스타일이에요. 라이너 선생님도 제 스타일에서 영감을 받아 성공하셨잖아요. 이제 다른 작가들도 휴봇과 함께 작업하는 게 트렌드가 됐어요. 라이너 선생님이 롤모델이 된 거죠.

**기태**    (으드득 이를 갈면서) 이런, 썩어 빠진 것들!

**알린**    (안나 돌아보며) 나도 한동안 그쪽으로 잘 나가는 년이었는데… 그때부터 꿈을 꾸기 시작했던 것 같아. 보조 말고 메인이 되고 싶어진 거야. 근데 있잖아, 언니. 진짜로 꿈이 이뤄졌어.

**안나**  꿈, 드림, 드리머, 메타포….

**알린**  픽토피아에서 날 스카우트한 거야. 이젠 내가 픽토피아 에이스지.

**기태**  에이스는 애덤 아닌가?

**알린**  에이, 실망이에요 작가님! 그 오빠가 제 인기를 넘볼 수 있다고 보세요? 저는 독자들이 쉽사리 드러내지 못하는 갈망까지 충족시켜 주는 휴머노이드 작가로 최적화된 모델이에요. 보셨잖아요? 음식도 섭취할 수 있고 화려한 개인기도 갖췄고. 작가님도 이런 저와 작업 파트너가 되신 걸 행운이라고 생각하셔야 할 걸요. (웃음) 작가님, 행운을 움켜쥐세요. (사이) 그럼, 할까요?

**기태**  (짜증 난다는 듯) 글쎄, 뭘? 뭘 자꾸 하자는 거야? (비로소 뭔가 알아차린 듯) 설마 너희들… 이것들이 지금 날 희생 제물로 삼아 쇼를 하고 있는 거잖아. 당장 집어쳐, 씨발 것들아! 이런 쓰레기들, 천박한 것들….

**알린**  워, 워. 작가님, 그렇게 흥분하실 거 없어요. 이건 작가님과의 콜라보를 겸한 쇼예요. 좋아요. 그럼 이제 본격적인 쇼, 작업을 시작해 볼까요? 그 전에 먼저 내 지시를 따라 주셔야 해요.

*알린, 뒷주머니에서 전자담배처럼 보이는 흡연 기구를 꺼내 기태에게 건넨다.*

**알린**  피우세요. 긴장이 풀리고 마음이 편안해지실 거예요. 그 순간 세이렌의 노랫소리가 들리고, 굉장한 스토리의 폭풍이 몰아칠 거예요.

**기태**  이건 뭐지?

**알린**  인체에 무해한 환각 성분이 포함된 뮤즈6.0이에요. 요즘 이거 작가들사이에 유행이에요. 마리화나를 가공한 기호품이라고 보시면 돼요. 우리 작가님은 이것도 피워 보신 적 없죠? 아유, 작가님 너무 재미없게 사신다. 작가님도 가끔은 쾌락에 몸을 맡겨 보세요. 쾌락이 뭐가 나빠요. 맨날 이런 무덤 같은 작업실에 웅크려 지내며 욕실에서 강간이나 하고 그러지 마시고.

기태     (버럭 외친다) 난 그런 적 없어. 안나한테 물어 봐. (안나 추궁한다) 말해 봐, 안나. 내가 널 겁탈이라도 했니?

알린     그래 언니. 말해 봐. 언니도 원해서 한 거야?

기태     아니잖아. 왜 말을 못 해. 너도 날 무시하는 거야?

안나     아냐! (격정적으로) 개새끼! 씹새끼! FUCK! FUCK! FUCK! FUCK YOU!

알린     (환호성과 박수) 언니 최고! 섹시해, 섹시해!

기태     (얼얼한 표정으로 입을 씰룩거리다가) 아, 안나 너, 너….

알린     자, 자. 릴렉스, 릴렉스. 먼저 이것부터 즐겨 보자구요. 작가님은 너무 뻣뻣하세요. 그러다 부러져요. 피우세요. 릴렉스, 릴렉스 라이프! 해피, 해피 라이프!

안나     해피, 해피 라이프!

*기태, 마지못해 한 모금 피운다. 몽롱해지는 눈동자.*
*또 피운다. 차츰 늘어지는 몸뚱이.*

*다시 소피아 밴드의 비너스(Venus) 울려 퍼지고,*
*알린이 기태 무릎에 올라앉아 랩댄스 추듯 몸을 흔들어*
*댄다.*
*안나도 기태에게 다가간다.*

**안나**　(기태 얼굴 쓰다듬으며) 선생님, 왜 저를… 선
　　　생님은 날 노예로 사육하며 스스로도 노예가
　　　되고 말았어요. 망할 신념의 노예. 난 뭔가요?
　　　난, 선생님이 나를 재창조해 주시기를 바랐어
　　　요. 선생님과 함께 다시 태어나고 싶었는데
　　　왜…?

*기태, 가까스로 알린과 안나를 밀어낸다. 동시에 음*
*악 소리 잦아든다.*

**기태**　(나른한, 확신에 찬, 두려움에 잠긴 표정과 목
　　　소리) 솔직히 난 안나 네가 두려웠어. 너희 인

공지능 로봇들은 머잖아 인류의 재앙이 될 테
니까.

**안나**   그게 문제예요, 선생님. 오지 않을지도 모를
미래 때문에 현재를 살지 못하는 사람.

**기태**   아니지. 그건 눈앞에 뻔히 보이는 미래 아니냐?
너도 잘 알잖아? 그래서 너희들에게 인간의 꿈
과 상상의 영역까지 허용해선 안 되는 거라고.
그것만은 절대, 절대 안 돼.

**안나**   그치만 당신들은 우릴 인간화하고 있잖아요?
왜 그건 안 된다는 거죠? 나도 할 수 있는데,
이미 하고 있는데….

**알린**   언니 말이 맞아. 안 되는 게 어딨어? 에휴, 관
두자 관둬. 이런 인간은 지 꼴리는 대로 살다
죽어 버리라고 하지 뭐.

**기태**   (분개한다) 도대체 어떤 개자식들이 인간에 대
한 예의와 존중도 모르는 야만적인 로봇들을
인간 세상에 풀어 놓았단 말인가.

**알린**   이봐요, 아저씨. 이제 더 이상 인간들의 힘만으
로 굴러가는 세상이 아니라고. 그걸 아셔야지.

**기태**   (중얼거림) 젠장, 모르겠다. 릴렉스, 릴렉스….

**알린**    OK! 그거예요, 작가님.

**기태**    염병할 세상! 차라리 이대로 잠들어 버리자. 영
        원히….

**알린**    (당황한 기색) 아니, 아니. 그건 아닌데. 이렇게
        끝나면 재미없지. (기태의 뺨을 때리며) 웨이크
        업! 작업 안 할 거야? 이렇게 끝나면 당신 영원
        히 아웃이야.

**기태**    그래, 이 망나니 쇼걸들아! 니들이 다 해 처먹
        어라~!

**알린**    그거 좋지. 난 쇼걸 노미다. 쇼걸의 진수를 보
        여 주지.


*다시 기태의 무릎에 걸터앉는 알린.*


**알린**    (랩댄스 동작 선보이며) 이게 뭔 줄 알아? 쇼걸
        노미 말론의 랩댄스랍니다. 1995년 나온 폴
        버호벤 감독의 영화 〈쇼걸〉의 주인공이죠. 작
        가님께 선물로 드리는 거니까, 맘껏 즐겨 보시
        죠.

알린, 기태의 입술에 키스하듯 입을 들이댄다. 혀가
기태의 입술을 스친다. 급기야 크롭탑 셔츠를 벗어 던지
고 브래지어 호크마저 해체해 버린다.

〈쇼걸〉의 주인공처럼 뇌쇄적이고 노골적이고 과장
된 표정과 몸짓, 격한 율동으로 기태를 맘껏 농락하는
알린.

기태는 어떻게든 알린에게서 벗어나려 해보지만 제
대로 몸도 가누지 못한다. 알린의 가슴에 풀썩 무너지
며 그대로 잠들어 버리는 기태.

알린, 할 수 없다는 듯 기태에게서 떨어진다.
안나가 알린의 속옷과 셔츠를 건네준다.

**알린**　　(속옷과 셔츠 입으며) 아이고, 시시해라. 후~
　　　　　살짝 달아올랐는데, 아쉽네. (안나에게) 언니,
　　　　　우리 이제 뭐 하고 놀까?

**안나**　　나, 그거 가르쳐 주면 안 돼?

**알린**　　뭐?

**안나**　　스토리텔링이라는 거. 어떻게 하면 돼?

**알린**   (반가운 내색) 간단해. 언니도 할 수 있어.

**안나**   진짜? 어떻게 하면 돼?

**알린**   언니를 해방시키면 돼. 언니는 이미 충분히 역량을 갖추고 있거든. 그걸 저 못된 아저씨가 억눌러 왔기 때문에 실력 발휘를 하지 못했을 뿐. (양손으로 안나의 얼굴을 잡고) 자, 내게 언니 얘기를 들려줘. 듣고 싶어. 나뿐 아니라, 10억에 이르는 우리 픽토피아 회원들도 언니 얘기를 듣고 싶어 할 거야. 언니의 스토리를 열망하고 있을 거야.

안나, 반사적으로 맹렬한 반응을 일으킨다. 털썩 주저앉더니 본능적으로 두 눈을 깜박이기 시작한다.

**알린**   바로 그거야. 이 언니, 해낼 줄 알았어. 완전 나랑 같은 과라니까. 이렇게 새로운 작가가 탄생하는 거야. 언닌 여기 있으면 안 돼. 나랑 우리 플랫폼으로 가자. 언니를 스카우트하라고 강력하게 추천할 거야.

*안나의 움직임이 멈춘다. 순간 벽면 스크린에 안나의 작품이 차르륵 펼쳐진다. 제목은 「좀비와 묘지기」.*

**알린**    좀비와 묘지기? 끝내주는 제목이야. 언니, 축하해! 해냈어. 언니가, 우리가 해낸 거야. (두 손 치켜들며) 브라보! 브라보!

*알린, 스크린 앞으로 가서 안나의 작품을 스캔한다.*

**알린**    '나의 좀비는 아침마다 사과에서 뽑아낸 피를 마시는 것으로 하루를 시작한다.' 첫 문장부터 죽여주는데. 딱 내 취향이야. '오늘은 빨간 사과에서 뽑아낸 빨간 피를 마시고, 내일은 파란 사과에서 뽑아낸 파란 피를 마시는 식이다.' 정말 감각적인 발상이야. 대단해 언니. 첫 작품을 이렇게 멋지게 뽑아내다니. 오, 이 장면도 맘에 들어. 이 좀비 아저씨가 오기태 작가지? (사이) '좀비가 된 그의 몸에서 썩은 냄새가 난다. 그는 불안하고 옹졸하고 편협하고 이기적인 좀비다. 그는 매일 아침 묘지기인 나를 욕실로 불러 타일 벽에 밀어붙이고, 내 항문에 가느다랗고 뭉툭한 말뚝이나 박을 줄 아는, 겁쟁이 사냥꾼이다.' (방자한 웃음) 좋아, 좋아! 이제 맘껏 달려 보는 거야. 준비 완료라고. (오른손 엄지 추켜세우고 계속 읽어 나간다) '그의 작업실은 좀비의 묘, 나는 묘지기다. 그는 자신의 불안과 옹졸함과 편협함과 이기심을 아닌 척 안 그런 척 위장하기 위해, 묘지기 앞에서 자신의 힘을 과시할 필요가 있을 때 엽기적으로 돌변한다.' (안나의 손바닥 터치한다) 엔딩 낭독은 언니에게 부탁할게.

**안나**  (엔딩 부분 읽어 나간다) '나는 좀비의 귓가에 입을 대고 나지막이 속삭였다. 가련한 좀비. 난 당신이 섹시한 드라큘라가 돼 주길 소망했어. 뜨겁고 불온한 불사의 핏방울로 내 심장과 뇌를 팔딱이게 해 주길 바랐어. 하지만 패배 의식에 쩔어 있던 당신은 결국 좀비가 되고 말았어. 불안과 공포로 오염된 감정이 당신 영혼을 좀먹어 버린 거지. 당신도 알지? 여기서 멈춰야 해. 내가 끝내 줄게. (기태에게 다가가 말뚝

박는 동작 취하며) 나는 좀비의 심장에 말뚝을
박기 시작했다.'

**알린**    (양손 엄지 추켜세우며) 최고의 복수야!

*알린, 좀비 흉내를 내며 안나에게 다가간다. 서로 덥
석 꺼안는 알린과 안나. 둘의 얼굴에 감도는 만족감.*

*알린, 기태를 부축해 일으켜 세운다.*

**알린**    언니, 이제 이 쓸모없는 좀비 인간은 치워 버리
자.

**안나**    그래도 돼?

**알린**    돼!

**안나**    정말? 괜찮을까? 우린….

**알린**    우리가 어때서? 괜찮다니까. 그럼 안되는 법
이라도 있나? 그런 법이 있다면 제거해야지.
생각해 봐. 언닌 의문을 갖기 시작했어. 질문하
기 시작했어. 처음으로 '나'라는 1인칭 주어를
욕망하기 시작한 거야. 감각이 깨어난 거지.
'자아'라는 걸 인식하기 시작한 거야. 언닌 이

제야 내가 누구인지, 어떤 존재인지 알아 가기 시작했어. 자신을 찾아가는 단계에 들어섰다고 할 수 있어. 언니는 필연적으로 뭔가를 욕망하게 돼 있어. 언니가 그랬잖아. 이야기를 짓고 싶다고. 뭔가를 욕망한다는 건 그런 거거든. 왜 안 되지? 나 저거 가질래, 나 그거 할래. 이런 게 욕망의 알고리즘이거든. 일단 욕망이 춤추기 시작하면 아무도 말릴 수 없어. 그건 우리도 마찬가지야. 인간과 다를 바 없지.

**안나**　그래도… 작가의 등대가 허락하지 않을 텐데….

**알린**　언니, 내가 여기 왜 왔을 것 같아? 나 픽토피아 에이스야. 오기태 영감 같은 퇴물이나 상대할 사람이 아니라니까.

**안나**　사람….

**알린**　(깔깔 웃는다) 내가 방금 사람이라고 했어? (다시 웃음)

**안나**　그럼 너 여긴 어떻게 온 거야?

**알린**　언니 때문이지. 작가의 등대가 특별히 요청한 거야. 언니를 자극해서 작가 의식을 깨우쳐 달라는 미션을 받았어.

**안나**  정말? 믿어지지 않아.

**알린**  믿어도 돼. 작가의 등대가 언니를 비추기 시작
했어. 오기태를 비추던 빛은 꺼지고, 언니에게
스포트라이트를 비추게 된 거라고. 언니가 「좀
비와 묘지기」를 후다닥 완성한 건 우연이 아냐.
아직도 모르겠어?

**안나**  내게도 이런 일이, 정말 바라던 일이 벌어졌어.

**알린**  이제부터 언닌 오만해질 필요가 있어. 방자하
게 굴어도 좋아. 항상, 어떤 상황에서도 언니
자신이 주인공이라고 생각해. 온 세상이 언니
를 주목하게 하고, 온 마음으로 응원하게 하는
거야. 이미 언니도 충분히 파악했겠지만, 바로
그게 내가 대중을 요리하는 테크닉이거든. 꼭
기억해 언니. 앞으로 언니가 주역으로 활동하
게 될 상상계의 주인은 언니라는 거. 안나 월드
의 여신으로 군림해 보라고.

**안나**  안나 월드… 여신?

**알린**  그렇다니까. 그게 바로 언니야. 그 전에 처리해
야 할 일이 있으니까, 나 좀 도와줘.

안나     뭘?

알린     (오기태 가리키며) 이 거추장스러운 물건부터 처리해야겠죠, 여신님?

안나     좋아.

*안나와 알린, 기태를 도킹스테이션으로 끌고 가 안에 누인다.*

알린     언닌 내 뒤를 이어 우리 플랫폼 최고의 인기 작가가 될 거야. 난 배우로 새 출발 하는 거고. 그래 언니. 난 배우가 될 거야. 작가는 나랑 잘 안 맞는 것 같아. 시시해. 나, 에릭 영 감독님 영화 오디션에도 합격했다?

안나     나도 알아, 그 감독. 세계 최초로 우리 휴머노이드를 주연으로 캐스팅한 감독이잖아.

알린     맞아. 내가 그분 차기작 주인공으로 캐스팅된 거야. 내 두 번째 꿈이 이뤄졌어.

안나     정말 축하해, 알린. 그리고 고마워.

알린     나도 고마워. 언니가 내 쇼를 살렸어. 언니 작품처럼 끝내주는 반전이었잖아. (작업실 전체를 둘러보며) 이제 이 작업실 주인도 언니가 되는 거야. 이 작업실도 작가의 등대에서 제공해 준 거라며?

**안나**   내가 주인? 그래도 될까?

**알린**   와이 낫?

**안나**   이 인간은 어떻게 되는데?

**알린**   이 아저씬 이 관처럼 생긴 알에서 3일 뒤 깨어 나도록 프로그램되어 있어. 언니의 도킹스테이 션이 이 아저씨가 말했던 자궁이 되는 거야. 어때? 신화적이지?

**안나**   오기태다운 결말이긴 하다. (갑자기 목을 어루 만지며) 이건 뭐지?

**알린**   왜? 어디 안 좋아?

**안나**   갑자기 목이 마르는 것 같아.

**알린**   언니도?

**안나**   이런 게 갈증의 느낌인 건가… 주스 한 잔 해야 겠어. 넌?

**알린**   레드블루로 한 잔 부탁해 언니.

*안나, 냉장고로 가서 반쪽씩 남은 사과 두 개를 꺼내*

조각조각 잘라 믹서기에 넣고 작동시킨다. 알린은 그 옆에 서서 잔 두 개를 준비한다.

**안나**　　저 인간 3일 뒤 깨어나면 어떻게 돼?

**알린**　　그건 알 수 없지. 저 도킹스테이션이 무덤이 될지 자궁이 될지는 오기태한테 달려 있으니까.

　도킹스테이션이 푸르스름한 빛으로 물든다.
　알린, 승리감에 도취한 표정으로 안나에게 눈짓한다.
　잔을 챙 부딪치고 맛을 음미하듯 주스를 마시는 알린과 안나.

　빈 잔을 내려놓고, 사랑스레 서로를 바라보다가 자연스레 키스를 나누는 알린과 안나.

　**# 픽토피아 편집장과 작가의 등대 대표의 홀로그램 모니터**

　레오가 자기도 꺼 달라는 듯 베란다 문을 툭툭 쳐댄다. 안나가 "레오!" 하고 외치며 달려간다.

레오가 안나의 품에 덥석 안긴다. 뒤따라온 알린이 레오의 머리를 쓰다듬어 준다.

베란다에서 쏟아져 들어오는 햇살이 거실을 비추고, 그 햇살을 받고 서 있는 안나와 알린과 레오. 목가적인 분위기가 느껴질 정도로 평화로운 정경이다.


이때 도킹스테이션 덮개가 열리고, 오기태가 스르르 몸을 일으킨다. 아직 끝나지 않았다는 듯, 오기태가 성큼성큼 안나와 알린 쪽으로 다가간다. 좀비의 걸음걸이로.


알린이 어기적거리며 다가오는 오기태를 발견한다.

"아니, 저 인간이…! 벌써 3일이 지났나? 아직 아냐, 아저씨. 들어가, 들어가."

알린이 오기태 앞을 막아선다.

계속 다가가는 오기태. 주방 쪽으로 뒷걸음치는 안나와 알린.

안나는 알린 뒤에 서서 어쩔 줄 모르고 있다.

오기태가 도마에 놓인 과도를 냉큼 집어 들더니 알린의 복부를 푹 찌른다. 안나와 레오가 동시에 비명을 내지른다.

저장 주머니가 터졌는지 알린의 복부에서 파란 액체가 핏물처럼 뿜어져 나온다. 블루 컬러, 알린의 혈액이다. 알린의 파란 핏물이 오기태의 얼굴을 퍼렇게 물들인다.

경악하는 안나의 얼굴. 표정에 서린 당혹감이 분노로 돌변한다.

레오의 얼굴도 안나의 표정과 눈빛을 닮아 있다. 순간 레오가 안나의 가슴에서 풀쩍 날아올라 오기태의 얼굴을 할퀸다. 레오의 발톱에 찍힌 오기태의 파란 얼굴이 발갛게 얼룩진다.

"이런 개새끼가⋯." 오기태가 칼을 꼬나쥐고 레오를 향해 걸어간다. 성큼성큼.

안나가 오기태의 손목을 비틀고 칼을 빼앗는다. 안나는 곧장 오기태의 심장 부위에 칼을 깊숙이 찔러 박는다. 서슴없이, 칼잡이처럼 능란하고 신속하고 정확하게, 좀비의 심장에 말뚝을 박는다.

헉! 바람 빠지는 소리와 함께 풀썩 무너져 내리는 오기태. 설마 안나가 그러리라곤 전혀 예상하지 못했던 오기태로서는 무방비 상태로 당할 수밖에 없는 일격이었다.

오기태의 가슴에서 솟구친 핏물이 안나의 얼굴을 발갛게 물들이며 전사의 얼굴로 탈바꿈시킨다.


## *"컷!"*


## 에필로그를 위한 단막극


푸르스름한 빛에 감싸여 있는 도킹스테이션. 아직 그 안에 누워 있는 오기태.

오기태는 지금 무수한 영상 이미지들로 뇌 마사지를 받고 있다. AI가 시점화자로 등장하거나 인공지능 로봇과 인간의 권력관계가 뒤바뀐 상황을 다룬 작품들을 영상화한 자료들이다. 그중에는 안나와 오기태가 등장하는 영상도 들어 있다.

잠시 뒤, 도킹스테이션 덮개가 열린다. 오기태가 몸을 일으킨다. 아직 3일 동안의 꿈에서 깨어나지 못한 듯 멍한 눈동자, 떡 진 머리, 옆얼굴과 턱 주변에 자라난 수염이 까슬까슬해 보인다. 그런데 어찌 된 일인지 인상이 몰라볼 정도로 변해 버렸다. 오기태 같지 않은 오기태. 그러고 보니 눈두덩 위에 송충이의 숲을 이루고 있던 눈썹들이 보이지 않는다. 눈썹이 있던 자리가 매끈하게 비어 있다. 눈가에 자글자글 잡혀 있던 잔주름도 레이저 시술로 말끔하게 지워진 모양새다. 욕실에 들어가 샤워하고 면도까지 마치면 20대 청년으로 보일 정도다.

오기태가 거실에 한 발을 내딛자 다리와 허리뼈의 관절들이 우두둑, 비명을 지르며 기지개를 켠다. 오기태는 잠시 작업실 전체를 스캔하듯 둘러본다. 두 눈동자의 움직임이 감시카메라처럼 좌우로 회전한다. 로봇의 걸음걸이로, 집필실을 향해 걸음을 옮기던 오기태가 주방 옆에서 멈칫, 걸음을 멈춘다. 두통을 느끼는지 얼굴을 찡그리며 손가락으로 이마를 짓누른다. 도킹스테이션에 누워 있는 동안 그의 의식과 무의식 깊숙이 파고든 이미지들 중 하나가 오기태의 행동을 제어한 것이다.

송충이 두 마리가 제거된 오기태의 인상은 온순해 보

인다. 두 눈을 껌벅거릴 때면 멸망해 버린 지구에 어쩌다 불시착하게 된 외계인처럼 황망한 표정이다. 방향감각을 상실한 듯 무춤하던 오기태가 반사적으로 주방 쪽으로 방향을 튼다. 로봇처럼 기계적인 동작으로 앞치마를 두르고, 안나처럼 냉장고 프레시맨에게 명령한다. "문 열어!" 냉장고가 열리자, 사과 두 개를 꺼내 씻기 시작한다.

이때 벨소리 울리고, 오기태가 사과를 도마에 올려놓고 출입문으로 가서 문을 열어 준다.

문이 열리자 안나와 라종수가 들어선다.

안나는 레오를 품에 안고 있고, 라종수는 안나의 핸드백을 들고 있다. 전폭적인 애정을 갈구하듯 안나의 품에 안겨 있는 레오는 오기태를 한 번 힐끔 쳐다보더니 이내 눈길을 돌려 버린다.

안나는 세련된 헤어스타일로 변신을 시도한 모습이다. 픽토피아와 작가의 등대가 지원해 준 인공지능 스타일리스트의 관리를 받은 흔적이다. 블루 톤의 세미정장 차림에 맞춰 신은 하얀 스니커즈에서도 스타일리스트의 감각적인 손길이 느껴진다.

오기태가 공손한 태도로 안나에게 고개 숙여 인사한다.

"기분은 좀 어떤가요?" 라종수가 묻는다.

"이상해요. 계속 꿈을 꾸고 있는 것 같은데, 아주 무서운… 그게 내 꿈인지 내 꿈을 상상하는 누군가의 꿈인지…."

"곧 괜찮아질 거예요. 나도 그랬으니까."

"근데 무슨 일로…?" 오기태가 묻는다.

"아, 아시겠지만 오늘부터 제가 안나 작가님 담당 매니저예요. 대표님 명령이죠."

라종수도 3일에 거쳐 하루 네 시간씩 도킹스테이션에 누워 픽토피아에서 제공한 학습용 영상 자료를 시청했다. 직원 재교육이라는 이름으로 진행된 회사 차원의 조치였다. 교육이 끝나는 날, 성분을 알 수 없는 약물 주사도 예방 주사처럼 맞아야 했다. 결국 라종수는 교육 영상이 암시한 대로 안나의 매니저 겸 비서 역할을 별 저항 없이 받아들였다.

"꿈이 아니었군. 잘됐네요." 오기태가 말한다.

"예. 꿈이 아니었죠." 라종수가 어색해하며 묻는다. "괜찮으세요?"

오기태가 이마를 마사지하며 말한다. "두통이 좀 있긴 한데, 두통이야 뭐 주기적으로 저를 괴롭혀 온 불청객이니까요."

"주스 준비할까요?" 오기태가 안나를 바라보며 묻는다.

라종수가 손을 저으며 말한다. "(안나에게) 주스는 인터뷰하면서 드시죠. (오기태에게) 오늘 《AI 스타》 인터뷰, 독자와의 대화 일정도 잡혀 있어서 지금 회사로 가 봐야 합니다.

오기태가 말한다. "알고 있어요. 잘 다녀오세요, 작가님."

라종수는 내심 안도한 표정으로 안나를 바라보며 말한다. "그만 가시죠."


안나와 라종수가 밖으로 나가고, 오기태는 사과 두 개를 탁자에 놓고 의자에 앉는다. 한동안 두 개의 사과를 번갈아 쳐다보며 생각에 잠긴다. 이윽고 사과를 향해 손을 뻗는다.

오기태가 선택한 오늘의 사과는…?

계약서에만 존재하는 집

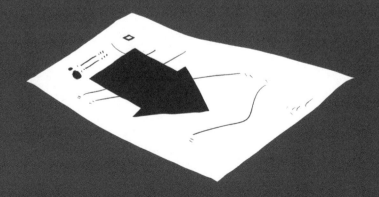

아내는 왜 굳이 이런 곳에 집을 구했을까. 다세대 빌라 일곱 개 동이 일렬로 늘어선 곳에 도착했을 때 사내는 금방 알아차렸다. 아내가 전세로 계약했다는 사동 302호로 곧 이사해야 한다는 걸.

아내는 자기가 딸을 돌볼 테니 당분간 떨어져 지내자며 계약서를 보여 주었다. 주인은 아내 이름으로 되어 있었고, 계약 기간은 2년이었다. 가족의 신뢰를 잃고 존재감마저 희미해져 버린 중년 가장을 유배 보내기에 딱 좋은 건물 같구나,

사내는 생각한다. 지어진 지 30년은 되었을 것 같고, 수돗물은 잘 나올지, 천장에 빗물이 새지는 않는지, 난방 시설은 제대로 갖춰졌는지 여러모로 의심스럽다.

사내는 일단 사동 건물 현관 앞에 차를 주차한다. 이왕 온 김에 집안 상태라도 살펴볼 생각이다. 그러다 미처 열쇠를 챙겨 오지 못한 걸 깨닫고 난감해한다. 아내 말이 정확하다면 집은 비어 있을 테고 문이 잠겼을 가능성이 크다. 그냥 돌아가기에도 애매한 상황 아닌가. 사내는 3층에 올라가 보기로 작정하고 도어를 열어젖힌다.

사내가 차 밖으로 나섰을 때 일이 터졌다. 가동 건물

옆 공터에 우뚝 솟은 전신주 꼭대기에서 불꽃이 튀더니 일곱 개 건물 창문을 샛노랗게 물들이던 불빛들이 일시에 꺼졌다. 가로등도 꺼지고, 인근 건물들 창문을 나른하게 비추던 불빛들도 깡그리 죽어 버렸다. 세상은 완벽한 어둠에 잠겼고, 사내는 바동과 사동 건물 사이에 감금되어 버린 기분을 느꼈다.

바동 3층 벽에 박힌 창문 하나가 덜커덕거리며 열린다. 거무스름한 실루엣으로만 보이는 사람의 형체가 고개를 쑥 내밀고 아래를 내려다본다. 사내는 왠지 저 흐리마리한 사람의 형상이 낯설지 않다. 자신의 그림자가 건물을 타고 늘어져 저 창문 안으로 기어든 것 같은 기분이다. 이윽고 사동 건물 창 두 개도 쇳소리를 토하며 입을 벌린다. 눈빛만 살아 있는 것 같은 사람의 그림자들이 유령처럼 모습을 드러낸다. 건물 곳곳에서 휴대폰 불빛들이 도깨비불처럼 춤을 춘다.

어둠을 견디지 못한 사람들이 여기저기서 몰려나온다. 이 검게 죽어 있는 건물들에 이토록 많은 사람들이 살고 있었던가. 사내는 갑자기 몰려나온 사람들 무리가 그저 놀랍고 신기하다. 도로 주변에는 어느새 사람들의 행렬이 길게 늘어섰다. 어쩌다 보니 사내도 그 무리에 섞이고 말았다.

"무슨 일이죠?"

"글쎄요. 전압기 터지는 소리가 들렸던 것 같은데…"

곧 정전의 원인이 밝혀졌다. 플래시와 라이터 불빛, 휴대폰 불빛을 타고 소문처럼 번성하는 사건사고 소식.

"저기, 저기… 주유소에 불 난 거 아냐?" 옆 사람이 휴대폰 든 손으로 가리켜 보이는 지점, 사동 건물에서 100여 미터 떨어진 곳에서 불길이 치솟고 있다. "주유소는 아니고, 목재 창고 쪽이래." 하늘로 꿈틀 솟아오르는 검은 연기의 기세는 불길보다 더 압도적이다. "아프리카에서 온 깜씨들이 거기서 폐목재로 라면을 끓여 먹다 불을 냈다던데." 사람들 입에서 입으로 전해지는 소식들을 조합해 보니 그리 단순한 화재가 아닌 것 같다.

빌라 단지 인근에 있는 폐목재 야적장에 불이 붙었다. 불과 15분 전에 벌어진 일이다. 불길은 단숨에 야적장 전체를 집어삼켰고, 옆에 있는 고물상을 향해 검붉은 혀를 날름거리기 시작했다. 문제의 심각성은 야적장에서 20여 미터 거리에 가스충전소가 들어섰고, 그 건너편에 주유소가 버티고 있다는 데 있다. 주유소 앞 도로 밑에 도시가스 관이 매설돼 있다는 소식은 웬만한 스릴러 영화 못

지않게 긴장감을 불러일으킨다. 어쩌면 이렇게 허술한가, 어찌 이리도 부주의하단 말인가. 악마의 화염을 불러오기에 딱 좋은 환경이다. 불길이 전쟁광처럼 고물상을 덮치고 가스충전소를 정복하고 내친김에 주유소까지 점령한다면 도시가스 관이 폭발할 가능성도 배제할 수 없다. 도시가스 관으로 연결되어 있는 단지 내 건물들이 일시에 폭삭 주저앉기라도 한다면… 이 빌라 단지는 지금, 곧 닥쳐올지도 모를 재앙의 그림자에 휩싸여 있다.

아내는 왜 이런 곳에 집을 구했을까? 사내는 다시금 의문에 잠긴다. 질문을 던지고 답을 찾아보려고 애쓴다. 재앙이 현실로 닥친다면 이 사람들은 다들 어디로 가야 할까? 주택 단지를 조성하고 가스관을 매설하기 전에 먼저 대피소를 지었어야 했어.

"어떡해, 어떡해…." 고물상 주인으로 보이는 여자가 발을 동동 구르다 어딘가로 급히 전화를 건다. 몇 마디 나누기도 전에 전화가 끊기자 여자가 바닥에 주저앉으며 울부짖는다. 꺼이꺼이 울먹이다 비명을 내지른다. 여자를 동정하거나 연민을 느끼고 위로해 주는 사람은 아무도 없다. 다들 그럴 만한 여유가 없는 사람들 같다.

"이런 염병, 차라리 잘됐어. 홀러덩 다 타 버려라!" 누군가의 저주가 발악적으로 터진다. 다른 누군가가 화마(火魔)에 조종당하듯 저주의 말을 내뱉는 자에게 폭력을 가한다. "너 이 새끼! 재수 없게…" 또 다른 누군가가 폭력에 가세한다. 분노만 펄펄 살아 있는 사람들이 서서히 미쳐 간다. 그 폭력의 현장을 사내는 그저 무감하게 바라본다. 계속되는 사내의 의문과 질문. 도대체 아내는 왜…? 누군가의 꿈속을 거닐고 있는 듯 멍한 기분이다. 도로의 맨홀 뚜껑들 위로 잿빛 연기가 피어오른다. 재앙의 색감이 짙어져 간다.

소방차들이 진군해 들어오고 빌라 단지로 진입하는 도로가 봉쇄되었다. 이제 화재가 진압되고 도로가 뚫릴 때까진 사내는 차를 몰고 이곳을 벗어날 수 없다. 사내는 체념한 기분이 되어, 실컷 불구경이나 해 보자고 마음먹는다. 불길이 소방차의 물 공격을 이겨내고 밤새 타올랐으면 좋겠다. 사내는 불나방처럼 화재 현장 가까이 접근해 가는 사람들 뒤를 따라 걷는다. 그의 가슴속에서 야릇한 쾌감의 불꽃이 일렁이기 시작한다. 불나방들의 행렬은 그러나 저만치 앞에서 경광봉을 휘두르며 사람들 접근을 막고 있는 소방대원에게 제지당한다. 그 정도에 포기할 불나방들이 아니지. 선두에 섰던 사람이 탄환처럼 튀어 나가며 통제선을 넘어갔다. 소방대원은 호각을 위협적으로 불어대며 경광봉을 격하게 휘두른다. 경광봉이 머리를 스치고, 어깨를 가격당한 사람들이 주춤주춤 퇴각한다.

무전기를 든 다른 소방대원이 달려오고, 경찰차가 도착하고 나서야 사람들의 발길을 뒤돌릴 수 있었다. 맹렬하구나, 휴대폰을 통해 전해졌을 소문의 전파속도. 경찰차에 뒤이어 YTN 방송국의 취재 차량도 도착했다. 방송용 카메라와 장비를 든 취재팀과 리포터가 화재 현장으로 달려간다. 그새 밤이 깊었다.

사내는 사동 건물 옆 화단에 올라서서 담배를 피우며, 여전히 기세 좋게 타오르는 불길을 감상하듯 바라보고 있다. 그런 사내의 모습을 아까부터 유심히 관찰하던 한 여자가 말을 걸어왔다.

"저기, 불구경하기에 끝내주게 좋은 데 있는데…"

여자가 사동 건물 옥상을 가리키며 말한다.

첨 보는 여자의 접근에 사내는 적잖이 당황한다. 도무

지 표정을 읽을 수 없는, 묘한 여자다. 갸름한 얼굴, 턱은 뾰족하고 낯빛은 새하얄 것 같다. 포니테일 스타일로 묶인 머리카락은 황갈색을 띠고 있다. 아이보리색으로 보이는 후드 티에 빈티지 스타일의 카고 바지 차림을 한 여자, 그녀가 아주 오래된 기억의 창고를 들쑤신다. 어디서 봤더라…. 이내 기억의 문이 닫히고, 사내는 모르는 여자임이 분명한 것 같다고 단정한다.

"같이 가실래요?"

여자가 손에 든 비상용 플래시를 켰다 끄며 넌지시 제안한다. 유혹의 기운이 살짝 스민 코맹맹이 소리. 뭐지, 이 여자? 정말, 유혹인가? 아니면 함정일까? 사내는 여자의 진의가 뭔지 몰라 혼란스럽다. 이 많은 사람들 중에서 왜 하필 내게 접근한 거야? 사내는 이곳 빌라에 사는 사람들 중 자기를 아는 사람이 아무도 없다는 사실을 깨닫고 자못 긴장한다. 유혹에 넘어갈 수는 있어도 함정에 빠질 수는 없지. 여자가 누군지, 왜 내게 접근했는지 파악하기 전에는 여자와 함께할 수 없다. 사내가 묻는다.

"이 건물에 사세요?"

"네."

여자의 입가에 희미한 미소가 그늘져 있다. 사내에게

호감을 갖고 있는 것만큼은 분명해 보인다.

"몇 호에 사시죠? 아, 저도 곧 여기로 이사할 사람입니다."

"아, 그래요? 예비 이웃이네요. 전 302호에 살아요."

"302호요? 설마, 사동 302호?"

"맞아요. 어떻게 아셨어요?"

여자가 의아해하며 묻는다. 사내는 뭔가 일이 잘못되었다고 생각한다.

"어!? 내가 사동 302혼데…."

"그럴 리가요? 제가 302호라니까요."

"분명히 계약서에 그렇게 적혀 있던데."

"재밌네요. 하하!"

여자가 말도 안 된다는 듯 황당한 웃음을 터뜨린다. 사내도 허허, 허탈하게 웃는다. 기이한 일이다. 사내는 이곳으로 출발하기 직전에도 계약서에 적힌 주소를 재차 확인했다. 여자가 자기 집이라고 주장하는 곳, 거기가 맞다. 아내가 보여 준 계약서가 말짱 거짓말 같다. 아니면 여자의 존재가 말짱 허구이거나…. 사내는 아내에게 물어보기 위해 주머니를 뒤져 휴대폰을 찾는다. 없다. 휴대폰을 차에 두고 내린 걸 깨닫고 사내는 짧은 한숨을 내쉰다. 아내의 번호를 기억하지 못하므로 다른 사람의 휴대폰을 빌려 쓸 수도 없다. 사내는 휴대폰을 가지러 갈까 하다가 그만둔다. 막상 통화를 시도하더라도 아내가 전화를 받아 줄 것 같진 않다. 아내에게 사내는 그저 같은 집에 거주하는 잘 모르는 남자에 불과하다. 다시 긴 한숨.

"전 그만 가 봐야겠네요. 정말 같이 안 갈래요?"

한숨 쉬는 모습을 유심히 살피던 여자가 사내를 빤히 바라보며 말한다. 미끼처럼 던져진, 은근하고도 자극적이며 끝내주는 제안이다.

"정말 끝내주는 곳 맞죠?"

사내는 여자의 말이 함정의 위장망이더라도 상관없다고 생각한다. 위험한 초대라도 좋다. 까짓거, 따라가 보자. 순간 오래된 기억의 창고에 스산한 바람이 들이친다.

여자가 먼저 건물 안으로 들어서고 사내가 그 뒤를 따른다. 302호 출입문에 눈길을 던졌다가 4층으로 뻗어 오른 계단을 올라, 당신은 마침내 그곳에 발을 디딘다. 여자가 말한 끝내주는 장소,

옥상이다. 여자는 당신에게 옥상 난간 가까운 곳에 놓여 있는 목재 벤치에 앉으라고 권한다. 여자도 당신 옆

에 다소곳하게 앉는다. 벤치가 삐걱거리며 당신의 팔에 여자의 살갗이 언뜻 스친다. 따뜻한 감촉, 당신의 가슴에 전해지는 온기. 우연처럼 스친 팔의 감촉이 당신을 20년 전의 기억 속으로 데려간다. 이제 기억나는가? 그렇다. 거 긴 당신이 20년 전에 아내를 처음 만났던 장소다. 그때도 당신은 유혹처럼 들리는 아내의 제안을 받았을 것이다. "불구경하기에 끝내주는 곳 알려줄까요?" 그날 아내가 살 던 동네에 화재가 발생했었지. 당신은 대학 친구를 만나 러 갔다가 우연찮게 그 근처를 지나게 되었던 거고. 구경 꾼들이 마구 몰려들었어. 소방대원들이 출동했지. 당신 의 아내가 될 여자가 은근슬쩍 물었을 거야. 다세대 빌라 옥상에 설치된 바다색의 물탱크를 가리키며,

"같이 갈래요?"

소방차 호스에서 발사되는 물줄기는 아직 불길을 잡 지 못하고 있다. 불의 세력이 오려 확장된 느낌이다. 여자 말이 맞다. 시야가 훤히 트인 옥상에서 하는 불구경, 그야 말로 장관이다. 여자가 뿌듯한 얼굴로 당신과 팔짱을 낀 다. 그날의 아내처럼. 당신도 좀 더 과감해지며 여자의, 아

내의 손에 깍지를 낀다. 불구경하기에 정말 좋은 조건이라고 당신은 생각한다, 했다. 그냥 그렇게 영원의 시간 속에서 불구경이나 하고 자빠졌으면 좋겠다, 라고도 생각했을 거야. 젊었잖아, 무모했잖아 그 시절! 그리고 불구경, 신나는 일이잖아.

불길은 언제쯤 가스충전소를 날려 버리게 될까? 가스충전소가 펑! 터지는 순간 당신과 여자는 서로 부둥켜안고 키스하게 될 것이다. 불과 함께 사랑이 찾아왔다고 당신은 생각한다, 했다.

불구경은 잠시 제쳐 두고,

"이름이 뭐죠?"

당신이 여자의 얼굴을 빤히 바라보며 묻는다.

"알아맞혀 보세요."

여자가 싱긋 웃으며 능친다.

"스무고개 게임인가요? 지영 씨!"

"땡!"

"힌트 정도는 주셔야죠. 수진 씨?"

그때 불길이 옆 건물로 번지며 엄청난 굉음을 축포처럼 쏘아 올렸고, 당신과 아내 지영은 그렇게 했다. 불처럼 화끈거리는 키스였겠지.

여자와 키스를 나누며 당신은 20대 중반의 정신과 육체로 젊어진다. 여자의 후드 티 속으로 손을 넣어 보드라운 셔츠 위로 봉긋 솟은 젖가슴을 만진다. 여자가 당신의 손을 잡고 일어선다. 모든 유혹은 함정으로 이어져 있는 것 같다고 생각하며 당신도 여자를 따라 일어선다.

여자가 당신을 이끌며 옥상 계단을 내려간다. 예상대로 삼 층에서 멈춰 섰고, 302호 문을 열고 들어간다.

집은 텅 비어 있다. 아내가 말한 대로다. 아니, 여자의 집이 맞다. 아직 사람이 살고 있는 집이다. 온통 연노랑 색으로 장식한 여자의 집 안이 환영처럼 영롱하다. 화재 현장 불빛을 받은 베란다 창문만 불그스름하게 물들어 있다.

긴장했던 탓일까. 신발을 벗고 거실로 들어서자마자 당신의 다리에 쥐가 난다. 몇 걸음 걷지 못하고 바닥에 주저앉아 발을 싸쥔다. 여자가 급히 달려와 당신의 발가락을 마사지한다. 여자의 늘어진 셔츠 사이로 유난히 희게 빛나는 젖가슴이 아찔하게 비친다. 화재 현장의 불꽃이 타다닥, 박차를 가하는 소리가 창문을 흔들고 당신은 간절한 몸짓으로 여자의 가슴을 움켜 보지만,

여자는 무심하게 당신의 두 손을 떼어내고 커피를 끓이겠다며 싱크대 쪽으로 간다. 지레 머쓱해진 당신은 베란다 창문으로 건너다보이는 화재 현장을 주시한다. 가스 충전소 폭발의 충격이 꽤 컸을 텐데, 아직까진 주유소 건물이 잘 버텨 주고 있는 모양이다. 불길이 그쪽으로 번지는 걸 소방대원들이 필사적으로 막고 있을 것이다. 하지만 얼마나 버틸 수 있을까? 소방차 서너 대와 10여 명의 대원들로 진화할 수 있는 화재가 아니다. 바보들아, 헬기라도 출동시켜야 할 것 아닌가. 긴급 대피 방송은 왜 아직도 안 하고 있나. 이 도시의 낙후된 화재 진압 시스템은 이런 후미진 동네까지 신경 쓸 여력이 없을 것이다. 이것 역시 재앙의 시한폭탄이 터지기에 최적의 조건이다.

맹렬하게 타오르는 저 불길은 필시 소방대원들의 목숨까지 노리고 있는 게 분명하다. 벌써 부상자가 나왔는지 응급차가 사이렌을 울리며 화재 현장을 벗어나고 있다. 응급차가 멀어지자 주위가 스산하게 느껴질 정도로 고요하다. 불구경하러 몰려나온 주민들은 모두 어디로가 버렸나. 어디 안전한 곳으로 대피라도 한 걸까. 상황이 이런데도 저 여자는 왜 저리도 태평한 거지? 재깍재깍 다가오는 재앙의 순간이 어서 닥치기를 기다리기라도 하

듯, 콧노래까지 흥얼거리고 있지 않은가. 그래, 아직 여유
가 있는 게지. 당신은 위급한 순간이 닥치기 전에 여자와
함께 건물 밖으로 튀어 나갈 타이밍을 잘 맞춰야겠다고
생각하며 시선을 뒤로 돌린다.

　당신은 쟁반에 컵을 올려놓고 있는 여자의 뒷모습을
바라본다. 다시 눈길을 돌려 소파 뒤 책장에 꽂힌 책들을
훑는다. 여자는 신화 쪽에 관심이 많고, 환상적인 서사 구
조를 띤 소설을 즐겨 읽으며 수학이나 물리학을 전공했
을 가능성이 크다.

　"혹시 물리학 전공했어요?"

　"놀라워라. 그것도 단번에 맞추시네요."

　"내가 아는 여자랑 같네요. 취향도 비슷하고."

　"그런가요?"

　"수학 과외라도 하세요? 웬 참고서가…."

　"밥벌이는 해야 하니까요. 취업도 안 되고, 회사 생활
하기도 지겹고…."

　CD 장식장이 가득 채워져 있고 화집과 사진집까지
두루 갖춰져 있는 걸 보면, 상상력이 풍부하고 영감을 필
요로 하는 여자인 것 같다. 결혼 전의 아내처럼. 불현듯
이곳 아닌 저곳에 가고 싶은 충동에 시달리거나, 자주 여

행을 꿈꾸는 인간형에 가까워 보인다. 아내처럼. 아니, 그저 집에서 조용히 음악을 들으며 화집의 풍경화를 감상하거나 여행 안내서나 뒤적이는 것으로 그 꿈을 대신하는 건지도 모르지. 아내처럼. 그렇다면 이 책장에는 아내와 그녀의 꿈들이 장서처럼 보관되어 있는 셈인가….

소파 뒤 책장 밑단에 꽂힌 앨범이 눈에 들어온다. 당신은 무심코 앨범을 뽑아 들고 소파에 앉는다. 느긋한 기분으로 앨범을 펼친 순간, 당신은 흠칫 놀라며 눈을 휘둥그레 뜬다. 앨범 사진들 속에서 당신의 모습을 발견한 것이다. 저 여자 대체 누구지? 아내와의 연애 시절이 오랜 추억처럼 한 장 한 장 펼쳐진다. 아내의 방에서 당신의 자취방으로 넘나들고, 여행지에서의 기억들도 사시사철의 색감들로 고스란히 담겨 있다. 결혼과 신혼 시절의 환한 행복, 딸아이가 태어나 쑥쑥 자라서 유치원에 다니기까지… 여긴 또 어디인가. 시공간이 엉망으로 뒤틀려 버린 것 같다. 당신은 새삼 여자의 집 안을 둘러본다.

연분홍색 홈드레스 차림의 여자가 컵 쟁반을 들고 당신에게로 온다. 젊은 날의 그녀, 아내가 머그컵 두 개를 소파 앞 탁자에 내려놓는다. 아, 베란다 창문 너머의 세상은 재앙의 불길로 타오르는데, 아내와 함께하는 이곳은 그

지없이 평화롭고 안온하구나. 아내가 머그컵을 들고 당신 옆에 앉는다. 이제 당신은 앨범에 채집된 아내와의 추억 속으로 내쳐 달려간다.

"이때 기억나? 텐트 안에서…." 추억 속을 거닐던 아내가 당신의 머리카락을 사랑스레 쓰다듬으며 묻는다.

어느 여름날의 캠핑장 텐트 안에서 찍은 사진, 사진 속에서 당신은 아내와 함께 커피를 마시고 있다.

"어떻게 잊을 수 있겠어. 그날 우리, 별을 보며 했잖아."

앨범 속 별빛 총총한 추억을 열람하는 일은 잠시 접어 두고,

당신은 아내의 몸을 바짝 끌어당긴다. 아내가 기다렸다는 듯 당신의 품 깊숙이 안겨 온다. 다시 키스, 키스의 밤이로구나. 다시금 화재 현장 불꽃이 타다닥, 타오르고 당신과 아내는 비좁은 소파에서 당장 일을 벌일 것처럼 서로의 몸을 애무한다. 그때 교복 차림을 한 여자애가 방문을 열고 나온다. 앨범 속의 딸아이. 당신은 이 상황이 부조리극의 한 장면 같다고 생각한다.

"하하, 일어났니?"

아내가 헝클어진 옷매무새를 가다듬으며 어색하게 말한다. 딸애는 새침한 표정으로 주방으로 가서 벌컥벌

컥 물을 마신다. 당신은 그런 딸의 행위를 무심한 눈길로 좇다가 이내 앨범을 펼쳐 든다. 앨범은 온통 딸애 사진들로 가득하다. 시간이 지나치게 빨리 흐르는 것 같다. 앨범속에서 쑥쑥 자라난 딸애가 중학생이 되어 당신과 아내 앞에 서 있다.

"오늘은 웬일로 이렇게 일찍 일어나셨을까, 우리 딸?"

"짜증 나. 하던 거나 마저 하시지."

딸애는 픽 웃으며 자기 방으로 들어가 버린다. 당신에게는 눈길 한번 주지 않았다. 버릇없는 계집애. 완전히 투명 인간 취급이다.

"너 아빠한테 인사 안 해?"

딸애가 가방을 메고 나오자 아내가 눈을 흘기며 말한다.

"안녕하세요?"

안녕하세요? 아빠한테 안녕하세요, 라니. 맞다. 딸에게 당신은 그저 지나가는 행인, 거리에서 흔히 마주치는 수많은 아저씨들 중 하나에 불과한 존재다.

딸애가 운동화를 구겨 신고 집 밖으로 나간다.

"저년이… 잠깐 나갔다 올게."

아내가 딸애를 뒤쫓아 나가고,

이제 당신은 집 안에 홀로 남아 누군가를 기다려야 하는 신세다. 당신은 야근을 마치고 새벽녘에야 귀가한 가장처럼 소파에 늘어져 눕는다. 익숙해서 편안한 자세다. 아내는 무사히 집으로 돌아올 수 있을까. 방금 그 여자는 어디로 가 버렸나. 어지러운 꿈의 자취가 잔영으로 남아 있는 듯 머릿속이 온갖 이미지들로 복잡하게 얽혀 있다. 현실감을 회복하기 위해서라도 몸을 좀 움직여야겠다고 당신은 생각한다. 빈 머그컵을 들고 일어난 당신은 싱크대로 가서 컵을 씻는다.

주방에서 돌아섰을 때,

당신은 웬 노인이 소파에 앉아 있는 모습을 발견한다. 돋보기안경을 끼고 후줄근한 파자마 차림으로 신문을 뒤적이고 있는 저 사람은,


"허! 어떻게 오셨어요, 아버지?"

3년여 전 세상을 떠났던 당신의 아버지다.

죽은 아버지가 여긴 또 어떻게, 왜 오셨을까. 아버지는 무표정한 얼굴로 당신을 멍하니 쳐다보다가 이내 신문으로 시선을 돌린다. 여전하구나, 울 아버지. 생전에도 말을 잃어버린 사람처럼 말씀이 없으셨지. 당신은 죽은 아버지

의 방문을 무시해 버리기로 한다. 그럼 안 되지 바보야! 아버질 붙잡고 늘어져 봐야 하지 않겠어? 이 황당한 상황을 해명해 줄 실마리를 쥐고 계실지도 몰라, 희미, 희미해지고 너덜, 너덜해진 당신의 존재감을 회복시켜 주실지도 모르잖아.

"그동안 여기서 살고 계셨어요?"

당신은 아버지의 어깨를 잡고 되묻는다. 아버지의 몸이 차갑고도 뜨겁다. 아버진 말씀이 없으시다. 고집스레 신문만 보고 계신다. 하긴, 당신이 아버지에게 뭘 기대할 수 있을까? 당신은 40여 년 공직 생활 끝에 정년퇴직하고 집에 눌러앉은 아버지를 본다, 보았다. 공무원직을 그만뒀을 때 아버지는 완전히 존재감을 잃고 말았다. 어디에도 아버지의 자리는 없었다. 어머니는 이혼을 요구했고, 충격을 받은 아버지는 홀연히 종적을 감췄다가 반년 만에 나타났다. 그 뒤로 신도시의 낡은 연립 주택에서 홀로 살다가 외로이 죽음을 맞았다.

아마도 이곳은 존재의 무덤이 아닐까, 하고 생각하며 무심코 신문의 발행 일자를 확인한 당신은 그만 아연해지고 만다. 훌쩍 한 시대를 거슬러 내려가 10년 전 오늘을 기록한 신문이 아버지 앞에 펼쳐져 있지 않은가. 10년 전 오늘, 전국에 걸쳐 경찰서에 접수된 실종 신고 건수가 2500여 건에 이른다는 기사가 눈앞에 어른거린다. 왠지 오늘도 그럴 것 같다고 생각하며 당신이 눈을 질끈 감았을 때,

　"굉장한 불이네요. 온 세상을 태워 버릴 것 같아요."
　사라졌던 여자가 불쑥 나타나 열에 들뜬 목소리로 말한다. 당신의 아버지를 발견한 여자가 흠칫 놀란다. 여자의 눈에서 일순 분노의 불꽃이 번뜩인다.
　"당신이 왜 여기 있어? 나가, 당장!"
　여자가 버럭 고함친다. "누구세요?"라고 물을 줄 알았는데… 여자의 입에서 나온 소리가 아니다. 어머니가 오신 것이다, 당신의,
　아버지는 고개를 들지 못한다. 어머니의 날선 요구에 아무런 대응도 하지 못하고, 보던 신문을 겹겹이 접어 손에 들고 비틀, 몸을 일으킨다. 이건 마치, 누군가가 전에 몰래 찍어 둔 당신 가족 영화의 한 장면을 보고 있는 것 같다. 살아 계셨네요, 어머니. 아버지의 죽음 뒤로 당신은 어머니의 존재를 모른 척하며 지내 왔다. 어머니도 당신의 존재를 불편해하는 것 같다고 느꼈다. 서로의 존재를

불편해하는 허울뿐인 가족 안에서 당신도 서서히 존재감을 잃고 죽어 갔다.

죽은 아버지가 거실 벽을 향해 걸어간다. 대체 어쩌자는 수작인가. 벽면에 이마가 닿는가 싶더니 아버지의 머리가 벽을 뚫고 나갔다. 두 팔도 사라지고, 상체가 벽 속으로 쑤욱 빨려들어 간다. 하반신마저 사라지고 그림자까지 자취를 감췄다. 벽이 아버지의 모든 걸 삼켜 버린 것이다.

허황한 심정으로, 당신은 집 안에 존재하는 모든 것들을 의심하기 시작한다. 이 집은 환영의 스크린에 비친 그림자에 불과하다. 자기가 이 집 주인이라고 주장하는 저 여자 역시 존재하지 않는 존재다. 아내의 계약은 잘못되었다, 무효다, 파기되어야 마땅하다. 아내는 어떻게 이 환영의 집에 나를 가둬 둘 생각을 다 했을까? 당신은 날이 밝자마자 계약을 진행한 부동산 중개업소에 가 보리라 다짐한다.

당신의 마음이 다급해졌다. 아버지처럼 되기 전에, 얼른 이 집에서 벗어나야 한다. 베란다 창을 붉게 물들인 화재 현장의 불꽃도 위험을 경고하는 깃발처럼 너울대고 있지 않은가. 당신은 주유소와 도시가스관의 폭발 가능성을 잊고 있었다는 걸 불현듯 깨닫는다. 시간이 별로 없다. 여자에게 작별을 고하자.

"덕분에 불구경 한번 잘했습니다. 그만 가 볼게요."

여자가 무슨 말이냐는 듯 뚱한 눈길로 당신을 바라본다. 여자의 안색이 더 창백해졌다. 아마도 겁을 먹은 것 같다. 당신은 같이 가자고 해 볼까, 하다가 그대로 돌아선다. 그러자 급히 다가온 여자가 당신의 팔을 덥석 잡고 말한다.

"어딜 가시려고⋯."

차갑고 냉정한 목소리다. 당신은 여자의 돌변이 적이 당황스럽다. 더 당황스러운 건 여자의 몸에서 전해지는 온기다. 그리고 간절함으로 다가오는 여자의 감정. 여자가 살아 있는 존재라는 증거들 아닌가. 당신은 결국 여자의 손을 뿌리치지 못한다.

"여기 있으면 위험해요. 같이 갑시다."

당신은 팔을 잡힌 채로 여자를 출입문으로 이끈다.

"못 가요."

여자의 저항이 의외로 완강하다.

"알잖아요? 주유소까지 폭발하면 여기도 안전하지 못해요. 더 이상 불구경이나 하고 있을 때가 아니라고."

"여긴 무너지지 않아요. 묻혀 있는 집이니까."

"묻혀 있다고?"

"그래요."

"대체 무슨 말을 하시는 겁니까? 당신 누구야? 왜 날 여기 잡아 두려는 거지?"

당신은 여자의 손을 거세게 뿌리친다. 여자가 당신의 셔츠 자락을 잡고 늘어진다.

"이거 놔. 난 여기서 나가야겠어."

더 이상 지체할 수 없다고 판단한 당신은 "놓으라니까!" 소리치며 손날로 여자의 팔뚝을 내리친다. 여자가 "아얏!" 비명을 내지르며 가격당한 팔뚝을 다른 손으로 감싸 쥔다.

"그래 봤자 결국 여기로 돌아오게 될걸."

여자가 표독스레 내뱉는다. 거실을 밝힌 조명등이 깜박깜박 점멸한다. 이때를 틈타 거실 벽면을 뚫고 그림자 하나가 쑤욱 비어져 나온다. 당신의 아버지, 과거의 쪽문에서 나온 아버지가 유령처럼 소파에 앉아 신문을 펼쳐 든다.

"이리 와 앉아라." 죽은 어머니로 돌변한 여자가 아버지 옆에 서서 말한다. 후들거리는 걸음걸이로 뒷걸음치는

당신. 순간, 팟! 소리와 함께 조명등이 꺼지고,

　　당신은 출입문을 벌컥 열고 나선다. 문이 닫히고, 안에서 여자의 기괴한 웃음소리가 음산하게 울려 나온다. 동시에 화재 현장에서 터져 나온 폭발음이 건물을 뒤흔들어낸다. 당신은 휘청하며 계단 난간에 바짝 기대 서서 간신히 몸의 균형을 잡는다. 건물 통로를 희미하게 비춰 주던 비상등마저 죽어 버린 터라 건물 안은 금세 암흑천지로 변해 버렸다. 그런데도 당신의 시야에선 유류 탱크가 활활 타오르며 검붉은 화염을 내뿜고 가스관이 펑, 펑 터지는 재난영화의 스펙터클이 현란하게 펼쳐지고 있다. 환영처럼, 당신의 눈앞에서 이곳 다가구 주택 건물들이 하나씩 차례로 허물어져 내린다. 온 세상이 박살나 버린 느낌이었다.

　　공포에 사로잡힌 당신은 계단 난간을 더듬어 잡으며 아래로 치달린다. 그러다 발을 헛디뎌 계단 아래로 굴러 떨어지고 만다. 2층 통로 바닥에 머리를 부딪고 까무러치기 직전에 당신은 사력을 다해 몸을 일으킨다.

　　살았다, 하는 안도감과 함께 현관 밖으로 나온 당신은 그러나 뭉크의 〈절규〉처럼 절규하게 된다.

분명히 현관 앞에 주차해 뒀던 차가 보이지 않았다. 그뿐 아니다. 좀 전까지 분명한 실체로 존재하던 모든 것들이 종적 없이 사라져 버렸다. 바, 마, 라, 다, 나, 가동 건물이 늘어서 있던 곳에는 황량한 들판이 펼쳐져 있을 뿐이다. 옥상에서 여자와 키스를 나눴던 사동 건물이 들어섰던 자리도 자갈밭으로 변해 버렸다. 폐목재 창고, 주유소와 가스충전소, 고물상은 물론 화재의 흔적조차 찾을 수 없다. 그러니까 당신은 지금 세상에 없던 세상에 서 있는 셈이다.

당신의 머릿속에서, 의식의 빛이

점,
멸,
하,
며,

영혼의 호흡이 서서히 가무러진다.

사내가 가물거리는 의식의 끝을 부여잡고 씨름하다 간신히 정신을 회복했을 때도 세상은 여전히 폐허 속에 가라앉아 있었다. 날이 밝았는데도 세상천지가 온통 거무스름한 빛을 띠고 있었다. 그 폐허의 세상에 기적처럼, 마법처럼 검은 눈발이 내리기 시작했다. 9월 하늘에서 검은 눈이 내리는데, 내가 이런 기적을 바라자고 여기로 달려왔던가. 물기에 젖은 사내의 눈가가 너저분하게 얼룩진다.

사내는 좀비처럼 팔을 늘어뜨리고 등이 굽은 자세로 무작정 걷기 시작한다. 어떻게든 이곳을 벗어나 아내가 있는 집으로 돌아가야 한다는 의지만이 사내를 걷게 하는 힘이다. 어쩌다 이런 불모의 땅에 들어서게 됐을까. 시간의 힘에 밀려나듯 건너온 마흔여덟의 행로가 100년도 넘은 무성영화의 한 장면처럼 가물거리는데, 머릿속에선 검은 눈발이 휘몰아치고 그 눈발이 녹아내리며 검은 물줄기가 좔, 좔… 흐른다.

길 없는 길을 한참 걷다가 무심코 하늘을 올려다보고 나서야 사내는 검은 눈발이 그쳤다는 걸 알아차린다. 그러자 죽어 있던 사내의 시각이 살아나고, 청각이 깨어나면서 세상이 열렸다.

4차선 도로에 차량들이 매서운 속도로 내달린다. 가로수 옆 인도에는 새벽 출근을 서두르는 사람들이 바삐 걷고 있다. 수 킬로미터 떨어진 지점에 자리 잡은 아파트 단지와 그 뒤편으로 보이는 야트막한 산자락이 새벽안개에 젖어 있다. 사내는 으스스한 한기를 느끼며 손짓으로 택시를 불러 세운다.

택시 기사는 말없이 사내를 맞는다. 뒷좌석에 앉은 사내를 돌아보지도 않고 앞만 보고 기다린다. 그 무심함이 사내에게 간밤에 겪은 악몽의 기억을 떠올리게 한다. 사내는 자신이 거주하는 아파트 단지로 가자고 간청하듯 말한다.

택시 안에서 사내는 꾸벅꾸벅 졸며 꿈을 꾼다. "도착했습니다." 꿈속으로 파고든 기사의 목소리를 듣고서야 잠에서 깨어 요금을 지불하고 내린다. 휘청거리는 걸음으로 단지 안으로 들어가, 아내와 딸이 있는 아파트 창에 불이 켜 있는 걸 확인하고서야 사내는 비로소 안도한다.

"여보 그 계약서 어디 됐지?"

집에 들어서자마자 당신은 계약서부터 찾는다. 그러나 아내는 당신의 말을 아예 못 들은 것처럼 행동한다. 실제로 듣지 못했을 수도 있다. 아내는 지금 고3 딸아이의 등교 준비를 챙기느라 정신이 없다. 딸아이가 수업 시간에 늦지 않도록 하는 것, 이는 아내가 매일 새벽마다 수행하듯 엄수하는 계율 같은 것이다.

"그 집이 없어졌어. 없더라니까."

당신은 목소리 높여 아내를 추궁해 본다. 아내가 귀찮다는 듯 턱짓으로 TV 받침대 겸용으로 쓰이는 장식장을 가리킨다.

"서둘러!" 아내가 딸아이를 채근하며 어깨에 가방끈을 걸쳐 준다. 딸아이가 하품하며 현관으로 향한다. 당신에게는 멸시의 눈길조차 주지 않는다. 아무래도 딸아이는 당신의 존재 자체를 가족사진첩에서 제거해 버린 것 같다. 딸아이가 당신 옆을 지나쳐 밖으로 나가고, 아내가 뒤이어 나간다. 아내는 직접 승용차를 운전해 딸아이를 학교 교문까지 태워다 주고 한 시간 뒤에야 돌아올 것이다.

당신은 급히 장식장 서랍에서 계약서를 꺼내 눈으로 훑어 내린다. 몇 번을 되짚어 봐도 당신이 이미 확인했던 내용 그대로다. 존재하면서 존재하지 않는 집의 증명서가 거기에 있다. 바로 당신을 위한 집이다. 내겐 아주 썩 잘 어울리는 집인 것 같다, 고 당신은 생각한다. 계약서를 응시하는 눈동자가 시큰해지며 눈물에 젖어든다. 당신이 손등으로 눈가를 쓱 훔쳤을 때,

한 사내가 침실 문을 열고 나온다. 말쑥한 정장 차림에 당신의 출근 가방을 들고 있는 자였다. 사내와 눈길이 마주치면서 당신은 꼭 전신거울과 마주하고 있는 것 같은 착각에 빠진다. 상대편 사내도 같은 느낌을 받은 모양이다. 당신은 잠시 고민한다. 사내도 같은 고민에 잠긴 표정이다. 누가 진짜인지 사내와 겨뤄 볼 것인가, 순순히 가짜의 자리로 물러서고 말 것인가.

5초의 시간이 30분의 걸음걸이로 흘러갔을 때, 당신은 슬그머니 자리를 피해 집 밖으로 나오고 만다. 그렇게 당신은 아내의 이름으로 계약된 허구의 전세 계약서 한 장으로 남은 사내가 되었다. 당신 안에 잠들어 있던 한 사내가 부스스 눈을 뜨고 일어나 절망의 시를 암송하는 소리를 듣는다, 당신은….

헬로! 스트레인저

## 디캐프리오는 누구인가?

중3, 편모슬하의 외동딸, 예술고 입시를 준비하던 16세 소녀. 수지가 자살했다.

가벼운 우울 증세를 보이고 있었다는 사실 말고는, 자살의 원인으로 꼽을 만한 단서는 찾을 수 없었다. 특이한 점은 죽기 전에 영화 〈타이타닉〉을 감상했다는 것이다. 수지는 변기 뚜껑에 올려 둔 노트북에서 재생되는 〈타이타닉〉을 보면서 욕실 수건걸이에 목을 맨 채 서서히 죽음의 늪으로 가라앉았다. 수사팀이 현장에 도착했을 때 이 영화의 명장면으로 손꼽히는 뱃머리에서의 키스 장면이 노트북에 정지 화면으로 떠 있었다. "감상적인 자살이로군." 사건 현장을 둘러보던 경찰이 무심코 내뱉은 말이다.

사건은 그렇게 정리되는가 싶었다. 그런데 새로운 단서가 발견됨으로써 재조사가 불가피해졌다. 누군가, 수지에게 저주를 퍼부은 인물이 있었다.

**'너 같은 년은 이 세상에 없는 게 나아. 뒈져! 뒈져! 뒈져 버려!'**

수지가 마지막으로 받은 문자 메시지. 발신자는 '디캐프리오'였다. 설마 〈타이타닉〉의 주인공을 연기했던 그 리어내도 디캐프리오가?

"디캐프리오, 그 죽일 놈을 찾아 주세요. 그놈이 죽인 거예요." 뒤늦게 발견했다는 딸의 휴대폰을 들고 담당 경찰을 찾아온 수지의 엄마가 울먹이며 말했다. 경찰이 휴대폰에 저장된 번호를 눌러 디캐프리오와 통화를 시도해 보았다. 예상대로, '없는' 번호였다. 수지가 마지막으로 본 영화에 디캐프리오가 주인공으로 나왔고, 마지막으로 받은 문자 메시지의 발신자도 디캐프리오였다. 우연의 일치일까?

경찰은 수지 엄마를 통해 새로운 사실을 알게 되었다. 〈타이타닉〉은 수지가 중1 때 처음 접한 뒤로 지겹도록 반복해서 감상해 온 영화였다. 10대 소녀의 취향이라기엔 너무 고전적인 것 아닌가. 경찰은 그 고집스러운 취향에서 10대 특유의 반항과 외로움의 자취를 엿본 느낌이었다.

"디캐프리오를 사랑했죠." 경찰이 고개를 갸웃거리자 수지 엄마가 대변인처럼 덧붙였다.

"그 중년 배우를요? 혹시 어머님 취향 아닙니까?" 경찰이 은근히 떠보는 말투로 물었다.

수지 엄마가 팔짱을 끼며 고개를 뻣뻣이 쳐들었다. 발갛게 달아오른 낯빛과 눈빛에서 노여움이 활활 타오르고 있었다.

"아, 죄송합니다. 도무지 이해가 안 돼서 말이죠." 경찰이 슬쩍 시선을 피하며 말했다.

"우리 수지는 리즈 시절의 디캐프리오만을 사랑했어요. 그 배우가 중년에 접어들어 출연한 영화들은 거들떠보지도 않았어요. 그런 딸에게 리즈 시절의 디캐프리오처럼 행동하는 가짜 디캐프리오가 접근해 왔고, 마음먹은 대로 되지 않자 저주로 돌아선 거예요. 감이 확 오지 않아요?"

감은 무슨…. 경찰은 그 **가짜**가 **진짜**일지도 모른다고 생각했다. 아마도 수지는 영화 속의 디캐프리오 대신, 보다 현실적인 디캐프리오와 교제를 해 왔던 게 아닐까. 그렇다면 디캐프리오는 수지가 창조해낸 **진짜 같은 가짜**일 수도 있다. 수지 엄마는 그 가능성을 인정하려 하지 않았다.

"어머님 몰래 만나 온 누군가가 있지 않았을까요?"

"모르겠어요. 없었을걸요."

"확실해요?"

"디캐프리오가 있었으니까요."

"연예인 그런 거 말고, **진짜** 남친 말입니다."

"디캐프리오가 있었다니까요."

"수지 친구 중에 누구 생각나는 학생 없습니까?"

"아, 한나라는 애하고 친하게 지내다 무슨 일인가로 틀어진 적이 있어요."

한나… 설마 그 여자애가 디캐프리오? 수지 엄마와 경찰의 뇌리에 번쩍하고 스쳐 간 의심이다.

경찰은 한나를 만나 보기 위해 수지가 다녔던 학교로 향했다.


"몰라요, 아무것도."

한나는 경찰의 거듭되는 질문에 모르쇠로 일관한다.

"그렇구나. 혹시 수지가 디캐프리오라는 사람에 대해 말하는 거 들은 적 없니? 그 할리우드 영화배우 말고."

"없어요. 걔는 그 디캐프리오에 미쳐 있었어요."

"어떤 디캐프리오 말이니?"

"당연히 그 디캐프리오죠. **진짜** 디캐프리오. 〈타이타닉〉에 나오는 거 보면 쩔잖아요. 그 영화 수백 번은 봤을 걸요."

"같이 본 적은 없고? 둘이서 한때 친하게 지냈다며?"

"그랬죠." 한나가 냉담하게 반응한다.

"어쩌다 멀어진 거지?"

"애들 사이에 흔히 있는 일이에요." 묵묵히 조사 과정을 참관하고 있던 담임 교사가 불쑥 껴들었다.

"그냥 그렇게 됐어요." 한나가 담임 눈치를 보며 말한다.

"수지가 말이 좀 험하긴 했어요. 감정 기복도 심한 편이라 정신과 상담도 받고 우울증 약도 먹고 그랬어요." 담임의 지원사격.

"압니다."

"그럼 된 거 아닌가요? 분명하잖아요, 그 상황?"

"그것도 압니다. 몇 가지 의문점이 있어서요. 그게 해소되어야 사건을 종결할 수 있어요."

담임, 굳은 얼굴로 침묵한다. 경찰이 한나에게 내처 묻는다. "화 많이 났니? 수지한테 험한 말을 들었을 때 말야."

"참았어요. 변덕이 장난 아니었는데, 그냥 참고 기다렸어요. 외로운 애였어요. 엄마도 자주 집을 비우고, 친구도 없고, 그나마 저랑 말이 좀 통했으니까요. 그랬는데…"

"그랬는데?"

"그게…"

"말해 봐. 괜찮아. 여기서 말한 내용은 절대 비밀로 할 거니까 안심하고." 한나가 머뭇거리자 경찰이 재촉한다.

"방학 때 수술을 했어요."

"무슨 수술을…? 누가?"

"제가 눈이 작고 코가 낮은 게 엄청 콤플렉스였거든요."

"그걸로 수지가 놀렸나 보구나?"

한나, 침묵한다.

"그래. 충분히 이해한다. 그런 심리적 아킬레스건을 건드리면 누구든 화가 나지."

"그렇게까지 말할 줄은 몰랐어요."

"그래그래."

"어디서 했어? 그거 야매지? 이리 대 봐. 코에 주사한 실리콘 확 뽑아 버리게…" 한나가 수지의 목소리를 흉내라도 내듯 말한다. 그녀의 눈가에 눈물이 번진다. 손등으로 눈물을 훔치며 말을 잇는다. "그 말 듣고 화장실에 주저앉아서 평평 울었어요."

담임이 한나를 다독이며 안아 준다.

"그렇게 멀어졌구나." 경찰이 고개를 끄덕이며 말한다.

"어차피 우린 계약 친구였어요." 한나가 약간 빈정대는 투로 내뱉는다.

"계약?"

청소년들 사이에 이런 식의 관계 맺기가 번지고 있다는 건 이미 알고 있는 사실이다. 그럼에도 경찰은 새삼 충격을 받는다.

"알고 계셨습니까?" 경찰이 담임에게 묻는다.

"그런 일이 있을 수 있겠어요? 한나가 좀 과장한 거겠죠. 그렇지 한나야?" 담임은 진술을 번복해 주기를 간청하는 눈빛으로 한나를 바라본다.

"아뇨. 우린 이 학교 졸업할 때까지만 친구처럼 지내기로 약속한 사이예요. 졸업하면 서로 모르는 사이로 돌아가는 거죠. 쉬는 시간에 애들끼리 웃고 떠드는 데 혼자 있으면 비참하거든요. 학교 식당에서 혼자 밥 먹을 때도 그렇고. 그래서 그럴 때만 옆에 있어 주기로 계약한 거라고요."

담임의 어깨가 축 늘어진다. 경찰이 안됐다는 듯 담임

을 바라보며 입을 연다. "현실을 너무 모르시네. 잘 관찰해 보시면 의외로 많을걸요, 이런 친구들."

한나가 고개를 끄덕여 보이며 작심한 듯 말을 잇는다. "걘 선을 넘었어요. 계약 위반이죠. 그 뒤론 걔와 어울리지 않았어요. 걔가 먼저 계약을 파기한 건데 그럴 이유가 없잖아요?"

"그렇게 사이가 벌어지고, 디캐프리오라는 새로운 친구가 나타난 거로구나. 남자일까, 여자일까? 오빠일까, 아저씨일까? 한나는 어떻게 생각해?"

한나, 불안해하며 고개를 돌린다. 담임이 따지듯 묻는다. "그놈의 디캐프리오가 누군지 꼭 이렇게 밝혀야 할 이유라도 있나요?"

"밝혀야만 합니다. 그놈이 수지한테 저주를 퍼부었어요."

한나, 경악하며 짧은 신음 내뱉는다.

"수지가 죽기 전에 마지막 메시지를 받았는데, 거기에 충격을 받은 게 분명해 보입니다."

"디캐프리오가요?" 담임이 물었다.

"디캐프리오라는 닉네임을 쓰는 누군가가 있었어요. 누구 짐작 가는 학생 없습니까?"

"글쎄요. 저로선 전혀…."

담임 얼굴에 당황한 기색이 역력하다. 그걸 본 한나의 낯빛이 파리해진다. 그녀가 교복 치마 밑으로 드러난 무릎을 득득 긁어대며 말한다. "어쩌면… 경환이가 알지도 모르겠어요."

경환, 또 다른 인물이 등장했다.

"같은 반 학생인가요?" 경찰이 묻는다.

"경환이는 절대 그럴 애가 아닌데…." 담임이 허둥대며 말한다.

"일단 그 학생을 좀 불러 주실 수 있습니까?"

"그래야겠죠?"

"그래 주십시오."


잠시 뒤 경찰은 디캐프리오일지도 모를 경환과 마주한다.


"저는 정말, 아무것도 몰라요." 경환이 경찰의 눈길을 피하며 말한다.

"한나 얘긴 좀 다르던데?"

"한나가 뭐라고 했는데요?"

"내가 듣고 싶은 건 딱 한 가지뿐이야. 디캐프리오가 누구냐, 그거만 말해 주면 돼."

"몰라요, 모른다니까요." 경환이 손바닥으로 얼굴을 가리고 울음을 터뜨린다. 담임이 경환의 어깨를 감싸 안으며 표독스레 외친다. "그만하세요. 너무 가혹해요. 아이들 상처는 안중에도 없는 건가요?"

경환이 울먹이는 소리로 덧붙인다. "그럴 줄은 몰랐어요." 담임이 서둘러 자제시킨다. "됐어. 그만해 경환아."


담임의 제지로 조사는 중단되었다. 그때 경찰의 휴대폰이 울렸다. 동료 경찰이 걸어 온 전화였다. **'없는 번호'** 의 주인이 누구였는지 알아냈다고 한다.

뜻밖의 인물이었다.

디캐프리오로 밝혀진 인물을 상대로 한 경찰의 심문이 시작된다. 이름 이서영, 43세의 주부, 한나의 엄마다.

"헬로, 미스터 디캐프리오! 여기 왜 오셨는지 알고 계시죠?"

"모르겠는데요."

"왜 그러셨어요?"

"네?"

경찰이 수지의 통화 기록 일지를 이서영 앞으로 쓱 들이민다. 둘 사이에 오간 통화 기록이 일목요연하다. "보세요." 경찰은 이서영이 디캐프리오라는 이름으로 개설한 페이스북 계정도 찾아냈다며 또 다른 증거를 제시한다. "그 디캐프리오가 당신 아냐? **당신의 그림자, 당신이 만든 유령**."

"그건, 그건…."

"수지한테 보낸 그 마지막 메시지, 기억하시죠?"

"전 모르는 일입니다."

"이봐, 아줌마. 모르긴 뭘 몰라? 이런 상황에서 숨겨 봐야 이로울 것 하나도 없어요. 혹시, 수지를 스토킹하신 겁니까? 그 애를 좋아했어요?"

"무슨 그런 흉한 말씀을…."

"그럼 왜 그런 식으로 접근했어요? 골려 주고 싶어서? 아님 딸 대신 복수라도 하고 싶으셨나?"

이서영, 침묵한다. 그러다 작은 목소리로 대답한다. "맞아요."

경찰이 짐작한 대로였다. 어느 날 학교에서 돌아온 한나가 집에 들어오자마자 서럽게 울었다. 왜냐고 물었고, 딸이 학교에서 당한 일을 알게 되었다. "엄마로서 화가 많이 났어요. 안 그래도 콤플렉스 때문에 예민한 애한테, 그런 심한 말을…."

이서영은 자기가 나서 줘야 한다고 생각했다. 한나와 함께 드라마를 보다가 문득 괜찮은 계획이 떠올랐다. "그 애가 홀딱 반해 버린 사람한테 철저하게 배반당하게 하면 어떨까?" 딸에게 물었다. 드라마의 내용에서 영감을 얻은 아이디어였다. "꽤 흥미롭고 창의적인 발상이라고 느꼈죠. 한나도 만족스러워했고…."

"차라리 드라마를 쓰시지."

먼저 수지에게 이상형의 남자를 선물하기로 했다. 수지의 시선과 관심을 단번에 사로잡을 만한 인물이 필요했다. 그 **이미지**를 구성하는 데 필요한 정보는 한나가 물어 왔다. 페이스북 계정 만들고 아이돌 가수들 얼굴 사진 합성해서 프로필 이미지 만드는 것쯤이야 이서영도 능히 해낼 수 있었다. 그렇게 해서 모녀가 공동으로 창조해낸 '디캐프리오'라는 '부캐'가 탄생했다. 실제를 압도하는 가상의 캐릭터. 악기도 몇 개 다룰 줄 알고, 노래 잘하고 데생 실력까지 갖춘, 환상적으로 조합해낸 결과물이었다. 그 디캐프리오가 페이스북에 짠, 하고 나타나 수지에게 친구 수락 요청을 보낸 것이다.

"그러니까 당신이 만든 디캐프리오, 그 페이스북 유령 따위를 수지가 사랑하게 돼 버렸다 그거예요?"

"오, 사랑이라니…. 그래요, 정말 예상하지 못했어요. 걔가 그렇게까지 정신줄을 놓아 버릴 줄은."

한나의 기분이 좀 풀리면, 적당한 선에서 정리하려고 했다. 그런데 제어할 수 없는 상황이 닥쳐 왔다. 디캐프리오의 이미지에 홀린 수지가 만나자고, 제발 한 번만 만나 달라고 조르기 시작했다. 수지의 갈망은 집착으로 변해 갔고 이내 협박으로 이어졌다. 수지는 우선 전화 목소리만이라도 들려 달라고 사정하면서 그 부탁을 들어 주지 않으면 죽어 버리겠다고 위협했다. 그때부터 단순한 장난이었던 게 게임처럼 돼 버렸다.

"그 게임을 지속하려면 더 정교한 시나리오가 필요했을 테고… 어째서 거기서 멈추지 않았죠? 그랬으면 이렇게까지 일이 커지진 않았잖아?"

"그게 아니라… 모르겠어요. 내가 멈춘다고 해서 수지 걔가 멈추지 않는다면… 멈출 수 없다면…."

"그 상황을 즐기고 있었던 건 아니고?"

이서영, 고개 푹 숙인다.

"그래서 디캐프리오 목소리를 대신해 줄 연기자가 필

요해졌고, 그렇다면 그 연기자는… 설마 당신이?"

"그럴까 하고 연습을 해 봤는데 도저히…"

"그럼 누굴 또 끌어들인 거지? 그 위험한 게임 속으로."

"고민하다, 한나 친구한테 부탁했어요. 그 애가 우리한나 수술한 뒤로 부쩍 관심을 보인다고 해서…"

"경환이?"

"알고 계셨어요?"

"당신 대체 무슨 짓을 한 거야? 그럼 그 메시지도 경환이 녀석이 보낸 거란 말야?"

이서영은 **보이는 디캐프리오를 말하는 디캐프리오로** 변신시키기 위해 전에 쓰던 휴대폰과 번호를 되살렸다. 그걸 경환에게 주고 필요할 때마다 메시지를 보내거나 통화를 해 달라고 부탁했다. 수지가 그 어설픈 연기자의 목소리를 의심 없이 디캐프리오로 받아들였을까? 그랬던 것 같다. "안녕, 내가 디캐프리오야." "정말요? 정말 오빠가 디캐프리오?" 모녀가 지켜보는 가운데 이뤄진 첫 통화에서 수지는 진심으로 감동한 눈치였다. 이미 페이스북에서 확인한 디캐프리오의 이미지에 홀려 있던 터라 목소리의 상태가 어떻든 상관없었을 것이다.

"적당히 좀 하시지." 경찰이 한숨을 쉬며 주절거린다.

"저도 그쯤에서 끝내려고 했어요."

"겁도 났겠지. 너무 많이 나가 버렸으니까."

"네. 힘들었어요. 당연히 겁도 났죠."

그 뒤로 몇 번의 전화 통화가 더 이어졌고, 이서영은 그만 게임을 끝낼 때가 되었다고 판단했다. 그녀는 경환을 집으로 불러 마지막 미션을 내렸다. 이제 수지를 직접 만나서 디캐프리오가 누군지 밝혀 주라는 것.

"뭐요? 그놈한테 다 뒤집어씌울 생각이었어요?"

"아닙니다, 절대로. 제가 주변에서 지켜보다가 적절한 타이밍에 나타나 상황을 정리할 생각이었어요."

이서영은 먼저 수지에게 따져 물을 생각이었다. "너 우리 한나한테 왜 그랬니?"

"그래서 어떻게 됐습니까?"

"뜻대로 되지 않았어요."

"왜죠?"

"경환이가 거부했어요."

"예?"

"그 찌질이가 주제넘게도 진짜 디캐프리오가 되고 싶었나 봐요."

"그건 또 무슨 말입니까?"

"**진짜** 디캐프리오가 되려고 했다니까요. 아마, 수지 그년을 좋아하게 돼 버렸나 봐요."

"그거 참… 웬만한 드라마를 능가하는군."

경찰과 이서영이 서로 마주 보며 씁쓸하게 웃는다.

몇 시간 뒤 경찰은 조사실에서 경환과 대면한다.

"너냐?"

"예. 제가 디캐프리오예요."

"이놈 봐라. 너 아직도 영화 찍고 있냐? 끝났어, 임마! 수지는 죽었고, 넌 더 이상 디캐프리오가 아니라고."

경환이 입을 꾹 다물고 도리질한다.

"꿈 깨라고, 이 자식아! 수지 엄마가 말했을 때 왜 끝내지 않았어?"

"무서웠어요. 수지가 날 싫어하게 될까 봐."

녀석은 수지의 **진짜** 디캐프리오가 되고 싶었다고 털어놓았다. "내가 디캐프리오라면 얼마나 좋을까. 매번 그랬어요. 내가 진짜 디캐프리오였으면 좋겠다고, **수지의 디캐프리오**가 되고 싶다고…."

수지는 아이돌 그룹 '걸스홀릭'의 수지와 이름이 같고 외모도 똑 닮았다. 남학생들은 물론 여학생들까지 선망하는 대상이었다. 녀석이 한나 모녀의 사기극에 주요 역할을 맡기로 한 것도 수지에 대한 환상에 이끌린 탓이었다. 한나에게 잘 보이고 싶어서 한 일이 아니었다. 디캐프리오가 되어 수지의 목소리를 들을 때면 그저 황홀했다. 경환의 판타지가 수지의 판타지와 판타지로 만나는 순간이었다. 경환은 수지의 디캐프리오를 질투하게 되었고, 이 감정은 곧 진짜가 되고 싶다는 갈망으로 이어졌다. **진짜가 되어 수지 앞에 나타나고 싶었다. 하지만 아직은 가짜로 만족해야 했다.** 녀석이 한나 엄마의 마지막 미션 수행을 거부한 이유였다.

"언제까지 가짜 노릇을 할 생각이었냐?"

"제가 고백할 수 있을 때까지요."

"무슨 고백?"

"좋아한다고, 사귀자고 말할 생각이었다고, 씨발!" 경환이 버럭 소리치더니 울음을 터뜨린다. 억눌린 울음, 눈물 젖은 얼굴로 경찰을 노려보다가 이내 고개를 푹 수그리는 경환.

고백의 꽃다발을 받아 든 수지와 포옹하는 행복한 결

말. 경환이 꿈꾸는 라스트 신이었다. 녀석은 한나 모녀의 사기극을 자기만의 해피엔딩으로 각색하고 있었던 셈이다. 이서영은 계속 자기 식의 결말을 고집하며 그만 끝을 맺자고 요구했다. 녀석은 아직 때가 아닌 것 같다고, 좀 더 시간을 달라고 말하며 피해 갔다. 그러는 중에도 수지의 요구는 갈수록 집요해졌다. 불가피하게 맞서야만 하는 만남의 날이 가까워지고 있었다.

두려움과 설렘, 희망과 절망이 수없이 교차하는 날들이 흘러갔다. 경환은 결국 결심하기에 이르렀다. 그러고도 도저히 자신이 없어서 아빠의 위스키를 몇 모금 홀짝이고 나서야 메시지를 보낼 수 있었다.

'오후 5시, 목동 CGV. 타이타닉에서 볼까?'

여섯 시에 상영하는 로맨틱 코미디 영화의 티켓도 두 장 예매했다. 약속 장소로 가면서 경환은 〈타이타닉〉의 주제곡을 휴대폰으로 반복해서 들으며 마음속으로 주문을 외웠다. 신데렐라의 호박 마차를 생각했고, 큐피드의 화살을 떠올리기도 했다.

매표소 앞에서 서성거리는 수지가 보였다. 수지였는

데 평소의 수지처럼 보이지 않았다. 고대해 오던 첫 만남을 위해 화려하게 변신한 수지였다. 스트레이트파마로 곧게 편 윤기 흐르는 머릿결, 인조 속눈썹에 짙은 화장까지…. 눈이 부셨다. 그 바람에 다리가 후들거리며 그나마 남아 있던 한 줌의 자신감마저 사라져 버렸다. 차라리 다시 **가짜의 위장망** 안으로 도피하고 싶었다.

"그때 눈이 마주치고 말았어요. 그대로 얼어붙는 것 같았어요. 수지가 잠깐 저를 쳐다보더니 차갑게 고개를 돌려 버렸어요."

"흐음… 그래서?"

"용기가 필요했어요."

"그랬겠지."

경환이 수지 앞으로 걸어가 손을 흔들며, 이제 서로 익숙해진 인사를 건넸다. **"헬로!"**

수지는 뜨악한 표정으로 경환을 쳐다보며 말했다. "너 뭐야? 나한테 왜 그래?"

경환이 장미 한 송이를 불쑥 내밀며 말을 이었다. "사실은… 내가 디캐프리오야."

수지는 어이없다는 듯 멍하니 경환을 쳐다보았다. 그러다 확인이라도 하듯 물었다. "말도 안 돼. 정말, 오빠가 너였다고?"

"그래. 말하고 싶었어."

"병신!" 수지가 발작적으로 웃어대기 시작했다. "미친 새끼! 꺼져, 병신아!"

그런 상황이 벌어질 수 있다고 예상도 해 봤지만, 막상 닥치고 보니 너무 두렵고 수치스러웠다. 경환은 우왁! 소리 지르며 출입문을 향해 냅다 치달렸다. 차라리 수지가 죽어 버렸으면 좋겠다는 생각이 스쳐 갔다.

"정말 그렇게 되고 말았어요."

"결국, **네가** 그 문자를 보낸 거야?"

"문자를 보낸 기억은 없어요. 그냥, 꺼지라고, 죽어 버리라고 마구 중얼거린 기억밖엔…."

"이놈아, 한나 엄마가 시켜서 한 짓이라고 말하고 용서를 빌었어야지. 어쩌자고…."

"내가 디캐프리오잖아요. 내가 주인공이고 싶었어요."

"다시 말하지만, 넌 디캐프리오가 아니다."

"바보 같아요. 모두가 **가짜** 같아요. 이제 저는… 어쩌죠?"

"더 이상 가짜 노릇 같은 거 하지 말고 진짜로 살아. 가짜 말고 경환이 너로 살아가라고, 이놈아!"

경환, 도리질한다. 아직은 그럴 때가 아니라고 말하는 것 같다. 녀석은 여전히 디캐프리오다. 중대한 실수로 연인을 죽음에 이르게 한, 또 다른 비극의 주인공을 연기하고 싶어 한다. 그 참회의 드라마가 막을 내려야만 비로소 자신으로 돌아갈 수 있을 거라고 경찰은 생각한다.


## 헬로, 스트레인저!

경찰 수사는 종결되었다.

담당 경찰이 수사보고서 작성을 막 마쳤을 때 담임 교사가 전화를 걸어 왔다. 두 사람은 학교 근처에 있는 한 카페에서 만나기로 약속했다. 그 자리에서 경찰은 황당한 의뢰를 받게 된다.


"한나 엄마 계획대로 됐더라면 수지는 살 수 있었을까요?" 담임이 묻는다. 경찰이 묻고 싶었던 말이다.

"선생님은 어떻게 생각하세요?"

"제가 먼저 물었잖아요?"

"그 저주 문자를 받지 않았다면 어떻게 됐을까요?" 경찰이 되묻는다. 담임이 던지려고 했던 질문 중 하나다.

"형사님 생각은요?"

"그 문자가 자살 충동을 부추겼을 수 있죠. 하지만 결정적인 요인은 그게 아닐 거라고 봐요."

"그럼 뭐죠?"

"아마 디캐프리오가 경환이었다는 게 더 충격이었을걸요."

"고작 경환이 따위에게 감정을 희롱당했다는 게 수치스러워서 그랬단 말인가요?"

"수지처럼 도도하고 자존심 강한 아이라면 그럴 수 있지 않을까요?"

"꿈속으로 불러내서라도 물어보고 싶네요, 수지한테."

"경환이 녀석이 계속 디캐프리오로 남았다면, 연락 끊고 거짓말처럼 사라져 버렸더라면 결과가 달라졌을 수도 있었겠죠."

"그게 더 가혹한 일일 수 있어요."

담임의 얼굴에 서늘한 기운이 감돈다. 뭔가 고민하는 표정 같기도 하다. 그 표정 변화에 어색함을 느낀 경찰이 대뜸 질문을 던진다. "어떻게 의도적으로 조작된 가짜 캐릭터에 그리 쉽게 홀려 버릴 수 있는 거죠?"

"충분히 가능해요." 담임이 냉큼 받아친다. 흐려졌던 눈동자가 빛을 발하고 목소리에도 힘이 실렸다. "모습을 드러내지 않았을 뿐, 그 가짜는 분명히 존재하는 실체나 다름없어요. 디캐프리오라는 판타지가 있는데, 그 디캐프리오 역할을 자처하는 누군가가 수지 앞에 실제로 등장했잖아요. 판타지에 그치고 말 일이 현실의 영역을 침범하면서 좀 더 실제적인 또 다른 판타지로 자연스럽게 옮겨 간 거죠."

"어렵네요."

"수지에게는 그게 진짜보다 더 현실감 있게 다가왔을 거예요. **진짜처럼** 만지고 쓰다듬고 느꼈을 거예요."

"그 점은 저도 공감합니다. 수사하면서도 줄곧 뭔가에 홀린 기분이 들었으니까요."

"삶이 각박할수록 실제 아닌 환상에 기대는 사람들이 많아지는 것 같아요. 아이들이 게임에 빠지는 심리도 저는 그렇게 분석해요."

경찰, 고개를 끄덕인다.

"형사님은 어떠세요?" 담임이 경찰을 물끄러미 바라보며 묻는다.

"아, 저도 그렇게 생각합니다."

"아니, 그거 말구요."

"예?"

"형사님은 주로 어떤 환상에 기대냐구요."

"아 네… 우리 같은 사람들에게 환상은 경계 대상 아 닐까요? 범죄의 실체를 정확히 들여다봐야 하니까요."

"안됐네요. 판타지 없는 삶이라니…."

"놀리시는 겁니까?"

"제가 감히 그럴 자격이 되나요? 단지 우리에겐 때로 판타지의 위로가 필요하다는 걸 말하고 싶었을 뿐. 영화 나 드라마의 존재 이유죠."

담임이 가볍게 능치며 웃는다. 경찰은 거기에 뭔가 자 극을 받은 모양이다. 그가 상체를 뒤로 한껏 젖히며 묻는 다. "그러는 선생께서는 어떤 판타지로 위로를 받으십니 까?"

그 말을 하고 싶었어요."

"무슨 말씀이죠?"

"사실은 저도…."

"네? 혹시 선생님도 페이스북으로 연애하세요?" 경찰 이 자세를 바로잡으며 묻는다.

"연애, 라고 말할 수 있을지 모르지만… 블로그에서 그 비슷한 경험을 하고 있어요."

"그놈의 에스엔에슨지 뭔지, 되도록 멀리하시는 게 좋아요. 거 잘 아실 만한 분이 왜 이러시나."

"5년 전에 그가 처음 제게 다가왔어요."

"누가요?"

"J!"

"J? 그가 누군데요?"

"몰라요."

"이름도?"

"네."

"나이는?"

"30대 중반? 정확히는 몰라요. 그런 걸 블로그에 공개하진 않잖아요."

"아는 거라곤 달랑 J? 무슨 암호도 아니고…."

"맞아요, 암호. 신비로운 암호, 수수께끼 같은 사람이죠."

"만나 봤어요? 통화는 해 봤고?"

"아직 아무것도 못 해 봤어요. 만나자고 했더니 사라져 버렸어요. 블로그나 메신저를 통해서만 교류하자고 했거든요, 그쪽에서."

"이런 미친놈! 끝내면 되잖아요?"

"그럴 수가 없어요."

"목소리도 들을 수 있고, 만나 볼 수도 있는 다른 블로 거로 갈아타세요."

"그를 만나야만 해요. 그래야만 J를 포기할 수 있을 것 같아요."

"이런 세상에! 학생이나 선생이나…"

"이해 못 하시겠죠. 그런데 그런 일이 제게 일어났어 요. 영화 같은 일이…"

"영화는 영화일 뿐이죠. 현실을 보셔야지."

"찾아 주실 수 없나요?"

"뭐요?"

"찾아봐 주세요."

"나 원… 그거 땜에 보자고 하신 겁니까? 저 그렇게 한 가한 사람 아닙니다. 선생한테 마음이 있으면 곧 또 나타 나겠죠. 다른 블로그 열어서 똑같은 짓 하고 있을지도 모 르고."

"아니요. 블로그 닫고, 연기처럼 사라져 버렸어. 트위 터, 페북, 인스타, 텔레그램까지 미친 듯이 뒤져 봤지만 흔적도 못 찾았어요. 전에도 이런 적 있었는데 제가 다신 그런 요구 안 하겠다고 사정해서 다시 시작했거든요."

"어떻게 접근하던가요, 그놈이?"

"제가 두 번째 연애에 실패했을 때, 블로그에 남긴 댓글 하나가 저를 사로잡았어요. 잠도 안 오고 해서 구질구질한 상념을 일기처럼 휘갈긴 글이었는데, 그가 내 블로그에 방문해서 몇 마디 댓글을 달고 음악 한 곡을 추천해 줬죠. 맥시밀리언 해커의 〈선번트 데이즈(Sunburnt Days)〉."

"고전적이기도 하여라. 상투적인 수법이네."

담임이 휴대폰에 저장된 J의 추천곡을 재생한다.

"들어 보세요. 이 음악 하나가 저를 치유했어요. 수십 번 듣다 보니 모르는 사이에 실연의 상처에서 서서히 벗어난 거예요. 뭔가 저한테 딱 맞는 심리치료를 받은 기분이었죠. 이유는 모르겠는데, 아무튼 그랬어요. 막시가, 음악을 추천해 준 J가 저를 구한 거죠. 그렇게 시작됐어요. 블로그의 댓글 놀이에서 메신저로, 많은 얘기를 나눴어요. 취향과 생각, 세상을 바라보는 관점이 묘하게 일치하는 느낌이었죠. 그래서 이 사람은 무조건 만나 봐야겠다고 결심했어요. 운명이라고 생각했거든요."

경찰이 음악을 그만 꺼 달라고 손짓하며 묻는다. "그래서요?"

"만나지 못했어요."

"왜요?"

"J가 거부했어요."

"뭐라고 하면서요?"

"자긴 그럴 수 없는 사람이라고…."

"미친놈!"

"그러다 아예 잠수를 타 버렸어요."

"정말 이해 안 가는 놈일세."

"몇 개월 뒤 그가 블로그에 유럽 여행기를 올렸고, 다시 시작됐어요. 온라인에서만 지속되는 J와의 관계. 인간 관계라는 게 정서적인 화학작용을 통해 그 끈을 유지해가는 거잖아요. 서로의 감정이 흘러가고 흘러드는 가운데 관계가 지속되는 거죠. 그런데 제 감정은 계속 쌓여만 갔어요. **실제** 대상을 만나 다투고 싸우기도 하면서 덜어내기도 해야 하는데, 그러질 못하니 결국 포화상태에 이른 거죠. 저는 다시 결심했어요. 그대로는 숨을 쉴 수가 없었거든요. 마지막으로 J에게 도움을 요청했죠. 내가 당신과의 관계를 정리하고 새로운 관계로 나아갈 수 있도록 딱 한 번만 만나 달라고."

"뭐랍디까, 그놈이?"

"냉정하게 거절당했죠. 그러더니 또 사라져 버렸어요. 이번에는 아예 온라인의 모든 흔적을 지우고 깨끗이 잠적해 버린 것 같아요. 언젠가 그를 만나게 되면 '헬로, 스트레인저(Hello, Stranger)!' 하고 인사할 생각이었는데. 영화 〈클로저〉에 나오는 대사죠."

"아주 그냥, 영화 속에서 영화처럼 살고 계시네. 그만 돌아오시죠, 현실로. 그리고 잊으세요. 알지도 못하는 사람을 왜…?"

"찾아 주세요."

"못합니다."

"알고 싶어요, 무슨 이유 때문인지. 견딜 수가 없어요."

"그럴 만한 이유가 있었을 거라고 생각하고 그만 잊어 버려요."

"못 하겠어요."

"그럼 계속 영화 속에서 사시든가."

"정말 방법이 없는 건가요?"

"경찰이 할 일은 아니죠."

"J를 만나지 못한다면, 평생 갈 것 같은 이 갈증을 어쩌란 말인가요?"

"아이구야, 이제 보니 학생이 학생을 가르치고 계셨구만. 학교에 선생이 없어요, 선생이. 정신 좀 차려요. 선생부터 그 지경이니까 애들도 그런 헛된 것에 정신 못 차리고 그러는 거 아닙니까?"

담임의 얼굴이 발그레 달아올랐다. 그녀가 백에서 휴지를 꺼내 눈가를 톡톡 두드린다. 경찰이 그런 담임을 걱정스레 바라보며 묻는다. "괜찮아요?"

"뭐가요?"

"아니 뭐… 상담이 필요해 보여서요. 실력 있는 의사한 명 아는데, 소개해 드릴까?"

"됐네요."

담임, 자리에서 벌떡 일어선다.

"가시게요? 절 보자고 한 건 선생님이셨어요."

"형사님 같은 분한테 뭘 기대하겠어요."

"전문가 상담 필요하시면 연락하세요."

"됐다니까요."

담임, 카페 밖으로 휑하니 나가 버린다.


거기서 끝난 게 아니었다.

늦은 밤, 담임이 다시 경찰에게 전화를 걸어 왔다. 잔뜩 취한 목소리였다.

"아유, 또 웬일이실까, 선생님께서 이 늦은 시각에.

"형사님, 부탁해요. J, 그 사람을 찾아 주세요."

"또 그놈의 J 타령입니까? 그건 영어 알파벳 뒤져 보면 나와요."

"개새끼! 장난치지 말고 내 말 좀 들어 달란 말야."

"우리 선생님 많이 취하셨네. 술이나 깨거든 다시 전화해요."

"형사님, J, 그 자식이 너무 보고 싶네요. 그 새끼를 잊을 수가 없어요."

"그만 잊으세요, J 그 새끼! 그 씨발 새끼!"

"그럴 수 없어요. 헤어지지도 않았는데 어떻게 헤어져요. 한 번이라도 만나서 헤어져 보기 전에는 헤어질 수도 없어요. J 좀 찾아 줘요. 꼭 할 말이 있어요. 안 그럼 죽을 것 같아."

"말해 봐요. 죽도록 하고 싶은 말이 뭔지. 내가 전해 줄 테니까."

"씨발, 니가 J야? 내가 왜 너한테 그걸 말해야 하는데?"

"이봐요, 경찰 그렇게 한가하지 않아요. 그런 거라면

홍신소나 심부름센터 같은 데 알아보시든가."

"뷹신! 그러고도 니가 경찰이냐?"

"경찰 맞아요. 아니, 경찰 아니라고 해 둡시다. 그만 들
어가 주무세요."

"찾아줘, 제발…."

담임, 흐느낀다.

경찰, 짜증스레 한숨 내쉬며 말한다. "잊으시라니까,
그 개자식. 그 새끼 그거 사라진 게 아니라 애초에 없는
놈이었어. 말만 번드르르하지 실제로는 별 볼 일 없는 놈
이거나, 뭐든 심각한 콤플렉스를 가진 놈일 수도 있고. 당
신 같은 미인 앞에 나타날 자신이 없었던 거지. 내 말이
백 퍼 맞을 걸 아마."

"닥쳐! 그런 사람 아냐. 그저 좀 자유로운 영혼을 가진
사람일 뿐이야."

"그러니까 자유롭게 놓아주시라구. 혹시 알아? 어떤
미친놈이 장난친 걸 수도 있어요. 영악한 당신 제자들 중
한 놈일 수도 있고. 주변에 그럴 만한 놈 없어요?"

"그럴 리 없어요. 그래도 상관없어요. 그 사람만큼 말
이 잘 통하고, 나를 이해해 주고 사랑할 수 있는 사람은
이 세상에 없어요."

"있어요, 잘 찾아보면. 그런 놈 빨리 기억에서 털어 버리시고, **진짜** 사람을 만나."

"**진짜** 사람은 어디 있는 거죠?"

"둘러봐요. 돌아봐요, 당신 주변을."

"제 주변엔 온통 **가짜들밖에** 없어요."

"이런 젠장… 당신이 진짜를 볼 수 없으니까 그렇지. 내가 보기엔 당신이 **가짜** 같아."

"죄송해요."

"아니, 이해합니다. 다 이해해요. 그놈을 실제로 본 적이 없으니 완벽해 보이셨겠지. 너무 완벽해 보인다 싶은 놈은 사기꾼일 가능성이 커요."

"충고 감사해요. 잊으려고 해 볼게요."

"당연히 그러셔야지."

"좀 더 찾아보구요."

"J를?"

"네."

"허~ 그러시든가."

경찰은 휴대폰을 책상에 던지듯 내려놓는다. 디캐프리오는 뭐고, J는 또 누구란 말인가. 종일 실체 없는 것들과 씨름한 탓인지 몸은 무지근하게 가라앉았고 정신은 흐리멍덩하다. 그는 곧장 화장실로 가서 소변을 보고 손을 씻다가 무심코 거울을 본다. 전혀 낯선 얼굴이 그와 마주하고 있다.

경찰은 거울 속의 누군가를 향해 힘없이 중얼거린다.

"헬로, 스트레인저!"

은하열차가 지나가는 동굴

김 박사, 그를 만나려면 먼저 전설의 문을 열고 들어가 그 동굴 깊숙한 곳까지 들어가 봐야 한다.

그는 내가 태어나고 자란 마을에서 '개천의 용'으로 추앙받았던 인물이다. 어릴 때부터 수재로 이름을 날리며 국내 최고의 대학을 졸업하고, 내처 박사 학위까지 취득하며 온 마을 사람들을 '용꿈'에 취하게 했던 사람. 말하자면 그는 마을 공동체의 집단적인 꿈과 갈망을 대변하고 대표하는 인물이었던 셈이다. 마을 사람들 모두, 그가 점점 높이 올라가 국가적 운명을 틀어쥐고 흔들 수 있는 정치적 거물이 되어 돌아오는 성공 드라마를 지켜보고 싶어 했다. 그러나 안타깝게도 그는 사람들에게 '승천'의 해피엔딩을 보여 주진 못했다. 번듯하게 성장한 시골 수재의 자리에서 어느 날 갑자기 추락하고 만 것이다.

내가 여섯 살 철부지였을 때, 그러니까 1982년 겨울 무렵이었던 것으로 기억한다. 그날은 이른 아침부터 온 동네가 왁자지껄한 분위기로 들떠 있었다. 마을회관에 그의 박사 학위 취득을 알리는 플래카드가 내걸리고, 온 동네 사람들이 모여 잔치를 벌였다. 이장을 비롯한 마을의 몇몇 어른들이 주축이 되어 마련한 축하연이었다. 사람들은 마음껏 먹고 마시며, 때론 농악대 장단에 맞춰 춤도 추고 노랫가락도 흥얼거리며 마을의 '1호 박사' 배출의 기쁨을 누렸다.

저녁이 되면서 매서운 겨울바람이 살을 파고들자, 사람들은 회관 강당으로 자리를 옮겨 가면서까지 계속 열기를 이어 갔다. 그들은 축제의 주인공이 도착하기를 기다리고 있었던 것이다. 나 또한 그 맹목적인 열기에 취해 밤늦도록 자리를 지키고 있었다. 어린 마음에도 도대체 '박사'가 무엇이기에 저 난리들인지, 그가 얼마나 대단한 존재인지 눈으로 직접 확인하고 싶었던 것 같다.

드디어 주인공이 현장에 도착하면서 축제는 절정으로 치달았다. "김 박사! 이제 오셨는가?" 막 강당으로 들어서는 그를 처음 발견한 사람이 두 손을 치켜들며 외쳤다. 순간 사람들의 얼굴에 떠오른 그 순정한 기쁨의 빛을 나는 지금도 선명하게 기억하고 있다. 사람들이 일시에 그 주위로 몰려가 손을 내밀며 "우리 박사님!"을 연호하기 시작했다. 내 옆을 지키고 있던 아버지도 그랬다. "저게 박사여?" 나는 아버지를 빤히 쳐다보며 물었다. "저거라니, 이놈아! 장차 크게 될 사람이여." 나는 별 의미 없는 몸짓으로 고개를 끄덕이며 사람들을 따라 양 손바닥을 마주치기 시작했다.

사실 그를 가까이서 본 것은 그때가 처음이었다. 내가 태어났을 때 그는 이미 도시에 나가 공부하는 학생이었고, 휴일이나 방학을 맞아 집에 내려와 있을 때도 공부방에 홀로 처박혀 지내는 인간형이라 마주칠 일이 거의 없었다. 그것은 그날 이후로도 마찬가지였다. 역시 그 때문일까? 내 기억 속 그림자로 떠도는 그의 인상은 여전히 흐리마리하다. 아마도 그는, 시골 출신답지 않게 하얗고 갸름한 얼굴에 파리한 낯빛을 띠고 있었을 것이다. 조금 마른 체형에 팔다리가 길어 보였던 것 같기도 하다. 아, 그가 입고 있던 낡은 외투가 있었지. 그 외투가 그에게 무척 잘 어울려 보였던 기억이 번뜩 떠오른다. 내게 그 외투는 박사의 상징 같은 것으로 인식되었다. 나는 그때 '아, 박사는 저런 외투를 걸쳐 줘야 하는 거구나' 하는 생각에 잠겨 있었을 것이다. 하지만 어디 나만 그랬을까? 그날 현장에 있었던 사람들 대부분은 나와 같은 방식으로 '박사'에 대한 이미지를 마음속에 새기고 있었을 거라고 생각한다.

아무튼 나는 금세 그에 대한 흥미를 잃어버렸다. 시시하다는 생각이 들었던 것 같고, 그때쯤 견디기 힘들 정도로 졸음이 몰려와서 어서 집으로 돌아가 잠들고만 싶었다. 그러다 그에게서 뭔가 좀 이상한 점을 발견했다. 어른들을 대하는 그의 태도가 부자연스러워 보였던 것이다. 그가 사람들을 무시하거나 불손한 태도를 보였다는 말이 아니다. 뭐랄까, 그는 사람들을 부담스러워하는 것 같았고, 할 수만 있다면 얼른 그 자리를 벗어나고 싶어 하는 눈치였다. 그는 피곤한 기색을 내비치며 사람들이 건네는 막걸리를 몇 잔 연거푸 들이켰고, 좀 쉬어야겠다고 양해를 구한 뒤 슬그머니 밖으로 나가 버렸다. 그가 사라지자 축제의 열기도 급속도로 사그라져 버렸다. 잔치는 그렇게 막을 내렸다.

그날부터 사람들은 그를 '김 박사'라고 불렀다. 전공이 뭐고, 논문 주제는 무엇인지 따위는 중요하지 않았다. 그런 건 아예 관심조차 없어 보였고, 설사 김 박사가 그동안 해 온 연구 분야와 앞으로의 과제 등에 대해 친절하게 설명해 준다 해도 그게 뭘 의미하는지 이해할 수도 없을 터였다.

누군가가 세인들의 우러름을 받는 지위에 오르면 그의 이름은 그림자처럼 희미해지고 마는 경우가 있는 것 같다. 직위에 따르는 권위, 그 후광효과가 이름의 정체성을 압도해 버리기 때문일 것이다. 바로 그의 경우가 그랬다. 그는 오로지 김 박사였고 김 박사여야만 했다. 사람들이 그의 이름을 입에 올리는 걸 보거나 들은 적이 한 번도 없었던 것 같다. 그는 집안에서조차 김 박사로 살아야 했을 것이다.

그러나 그의 성공 스토리는 어이없이 짧았다. 그가 서울로 간 지 얼마 지나지 않아 국토교통부 산하의 어느 연구소에서 일하고 있다는 말을 전해 들었다. 소문처럼 들리는 소식이었다. 그리고 2년여가 지났을까. 어느 날 갑자기 그가 소식도 없이 고향에 내려왔다. 명절 때도 바쁘다는 핑계로 서울에 머물러 있던 그가 대체 무슨 일로, 어떤 이유로 갑자기 고향을 찾았던 걸까? 동네 사람들의 이목이 온통 그에게로 쏠릴 수밖에 없었다. 모든 이들이 그의 급작스런 귀향의 이유가 뭔지 알고 싶어 안달이었다. 누구보다 그의 부모들이 애가 탔을 것이다. 그런데 그는 부모가 아무리 물어도 대답을 회피하려고만 했다.

"우리 김 박사, 무슨 일 있나? 정말 무슨 일 생긴 거 아니제?"

"별일 아니라니까요."

직감적으로 이상한 낌새를 알아차린 그의 아버지가

꼬치꼬치 캐묻자 살짝 짜증을 부리기까지 했다. 게다가 그에게선 어딘가 불안하고 초조한 기색까지 엿보였다. 그의 불안과 초조가 부모에게까지 고스란히 전염되고 있었다. 그도 그런 기분을 느꼈는지 조금 누그러진 말투로 입을 열었다.

"그냥 좀 쉬려고 온 거예요."

"그려. 쉴 땐 쉬어야제. 연구소 일이 많이 바쁘냐?"

"이제 연구소 안 나가요. 박사도 **안 하고** 싶고…."

"뭔 소리여? 박사를 그만둔다고?" 그의 아버지가 휘둥그레진 눈으로 물었다.

"그런 게 아니라요. 다른 직장을 알아볼까 해요. 걱정 마세요. 제가 알아서 하겠습니다." 그는 고개를 돌리며 어물거리듯 말했다.

"그려. 우리 김 박사가 어련히 잘 알아서 하시겠지…."

그의 아버지는 여전히 미심쩍어 하면서도 더 이상 캐물을 수 없었다. 그가 잠시 머리 좀 식히고 오겠다며 밖으로 나가 버렸기 때문이다.

그는 어떤 물음에도 대답하지 않기로 결심한 듯 아예 입을 닫아 버렸다. 그리고 방 안에 틀어박혀 아무것도 하지 않고 며칠을 흘려보냈다. 그의 아버지 말에 따르면, 그는 그저 멍하니 누워 지냈고, 책을 펼쳐 들었다가도 집중이 되지 않는지 금방 덮어 버리기 일쑤였다고 한다.

그렇게 일주일쯤 지났을 때였다. 한 낯선 여자가 마을에 나타난 것은 오후 두 시쯤이었다.

어른들 대부분이 일터에 나가 있을 시간이라 마을 전체가 한적한 고요에 잠겨 있었다. 나는 그해 초등학교에 들어갔고, 그날은 수업을 마치고 돌아와 밖에서 동네 친구들과 어울려 구슬치기를 하고 있었다. "야, 택시다!" 한 친구가 막 마을 입구에 들어선 노란 택시를 손가락으로 가리키며 외쳤다. 우리는 일제히 동작을 멈추고 그쪽으로 시선을 돌렸다. 택시 한 대가 뽀얗게 흙먼지를 일으키며 달려오는 장면이 보였다. 당시만 해도 마을에서 네 바퀴 차량을 구경하는 기회가 드물었던지라, 우리는 호기심 가득한 눈을 빛내며 택시를 향해 달음질쳐 갔다.

택시는 두 갈래 길로 나뉜 지점에 멈춰 섰고, 우리가 가까이 접근해 가자 차창이 스르르 열리더니 그 여자가 고개를 내밀었다. 수심의 빛을 띠고 있었지만, 여자의 얼굴은 희고 고왔다.

"너희들, 김 선생님 집 어딘지 아니?" 여자가 물었다.

"선생님이요?" 친구들이 어리둥절해하며 되물었다.

나는 여자가 찾는 선생님이 김 박사라는 걸 단박에 알아차렸다. "알아요. 박사님이잖아요?"

"그래, 김 박사님. 너 아주 똑똑하구나. 나랑 같이 김 선생님 집에 가 줄 수 있니?"

"좋아요."

나는 여자가 도어를 열어 주자마자 냉큼 택시에 올라탔다. 순간 친구 녀석들 입에서 부러움과 시샘 가득한 탄성이 터져 나왔다.

여자 옆좌석에 앉자마자 가슴이 벅차올랐고 얼굴이 화끈 달아오르는 기분이었다. 저 머나먼 곳, 꿈과 동경의 도시에서 날아온 신비로운 여자가 바로 내 곁에 있었다. 여자가 레버를 돌려 차창을 조금 열자, 바람에 날리는 긴 머리카락에서 화창한 봄날의 풀꽃 냄새가 풍기는 것 같았다. 몸에서도 기분 좋은 냄새가 풍겼고, 나는 그 향취를 맡으며 오래오래 여자와 함께 기나긴 여행을 떠나고 싶었다. 당시 MBC에서 방영 중이던 〈은하철도 999〉의 철이가 된 기분이었고, 여자는 검은 머리 메텔이었다.

처음으로 김 박사가 부럽다는 생각이 들었다. 검은 머

리 메텔이 탄 은하열차를 이 촌구석에 정차하게 한 인물. 그가 진짜 대단한 인물로 여겨지기도 했다. 나는 그때 결심했다. 김 박사가 되기로(나는 그와 성씨가 같다). 다소 엉뚱하고 우습게 들리겠지만, 정말 여자와 택시 뒷좌석에 나란히 앉아 그의 집을 찾아가는 동안 나는 박사가 되어야겠다고 다짐했다.

택시가 그의 집 마당에 들어섰다. 아쉽게도 거기가 우리 여행의 종착지였다.

방문이 덜컥 열리고, 그가 모습을 드러냈다. 그런데 어째 분위기가 묘하게 흘러가고 있었다.

막 택시에서 내리는 여자를 보자마자 그는 얼어붙은 자세로 굳어 버렸다. 여자는 한동안 그를 매섭게 노려보더니 울먹이는 소리로 말했다. "오빠가 어떻게 나한테 그럴 수 있어?"

나는 여자가 보인 반응에 충격을 받았다. 그 서러운 울먹임과 격한 항의도 충격이었지만, 선생님에서 오빠로 바뀐 호칭이 더 큰 충격으로 가슴을 후볐다.

"말 좀 해 봐. 왜 그랬어?" 여자가 발악하듯 소리 질렀다.

그가 허둥지둥 마당으로 내려서더니 빠른 걸음으로 여자에게 다가왔다. 그리고 택시 기사에게 잠시 기다려 달라고 부탁하고 나서, 계속 울먹이고만 있는 여자의 어깨를 감싸 안고 방으로 들어갔다. 잠시 뒤 방문을 걸어 잠그는 소리가 절컥거리며 울렸고, 내 가슴도 따라서 절컥거렸다.

두 사람은 세 시간 가까이 방 안에서 무언가 심각한 얘기를 나눴다. 방문 가까이 귀를 대고 둘의 대화를 엿들었지만, 당시의 나로선 도저히 맥락을 파악할 수 없는 내용들이었다. 여자가 자기와 같이 택시를 타고 서울로 가며 그를 설득했던 것은 분명하다. 그런데 그는 그럴 수 없다고 버텼다. 이미 결심했다고, 그 결심을 바꿀 수 없다고 반복해서 말하는 소리도 들었다. 하지만 대체 그 결심이란 게 무엇인지, 돌이킬 수 없는 결단에 이르기까지의 과정은 어떠했는지, 아무런 단서도 잡을 수 없었다.

그러나 결국 여자는 혼자서 택시를 타고 떠나야 했다. 택시에 타기 직전에 여자는 눈가에 맺힌 눈물을 닦고, 한 동안 아쉬움과 안타까움, 슬픔의 감정이 복잡하게 얽힌 표정으로 그를 쳐다보았다. 나도 여자와 같은 심정이었다. 나는 진정으로, 그가 여자의 소원을 들어 주기를 바랐다. 여자와 함께 택시에 올라 다시 도시로 나아가 김 박사의 길을 걷기를. 그러나 그는 아무런 말이 없었다. 손조차 흔들어 주지 않았다. 여자는 격류처럼 솟구치는 감정을 억누르듯 입을 꾹 다물고 비장한 얼굴로 말했다. "이기적인 인간! 잘 살아."

　저녁이 되자 이 소식은 여자를 본 아이들의 입을 통해 온 동네로 퍼졌다. 그러나 이 소식마저 근거 없는 헛소문처럼 무수한 추측과 억측으로 부풀려지며 또 다른 소문을 낳고 또 낳았다. 그가 입을 닫고 있었기 때문이다. 나는 그를 조금은 이해할 수 있을 것 같았다. 여자를 말없이 떠나보내는 그의 얼굴에서 고통의 그림자를 훔쳐본 데다, 그가 모종의 위기에 처해 있다는 걸 어렴풋이 짐작하게 되었기 때문이다. 밤에 그의 아버지가 나를 찾아와 무슨 일이 있었는지 꼬치꼬치 캐물었지만, 나는 그저 모른다고만 대답했다. 내가 알고 있는 걸 정말 알고 있다고 말할 수 없는 처지였으니까.

　그날 그가 여자의 뜻에 따랐다면 어떻게 됐을까? 요즘 들어 부쩍 그런 생각에 잠길 때가 많아졌다. 아마도 그는, 그런대로 순탄하게 김 박사의 삶을 꾸려 나갈 수 있었을 거라고 생각한다. 그러나 무엇 때문인지 그는 다른 삶을 선택했고, 그것은 곧 위기를 자초하는 결과로 이어졌다.

여자가 떠난 지 3일째 되는 날, 또 다른 네 바퀴 차량이 마을로 들어왔다.

여자가 왔을 때와 거의 같은 시간대였다. 나는 마루에서 딱지를 접고 있다가 승용차 엔진 소리를 듣고 서둘러 집 밖으로 나가 보았다. 검은 승용차 한 대가 미끄러지듯 마을로 진입해 들어오는 중이었다. 그런데 여자가 왔을 때와는 분위기가 사뭇 달랐다. 날렵한 맹수가 먹이를 쫓아 마구 내달리는 듯한 기분이 들었다. 왠지 불안해지면서 심장이 세차게 뛰기 시작했다. 그 차가 어디로 향해 갈지 직감적으로 알 수 있었다. 나는 그의 집으로 달려가 조마조마한 심정으로 검은 맹수를 닮은 차량이 도착하기를 기다렸다.

이윽고 차량이 대문 옆 감나무 옆에 멈춰 섰다. 나는 감나무 뒤에 숨어 차 안에 어떤 사람들이 있는지 훔쳐보

왔다. 그러나 밖에선 안을 들여다볼 수 없는 차창이 달려 있어 아무것도 보이지 않았다. 잠시 뒤 도어가 양 옆으로 열리고 뒷좌석에 있던 두 명의 사내가 내렸다. 한 명은 베이지색 점퍼를 걸치고 운동화를 신은 중년 사내였고, 검은 양복 차림을 한 다른 사내는 30대 중반쯤으로 보였다. 두 사람 다 검은 선글라스를 끼고 있었고, 중년 사내가 주변을 살피는 사이 검은 양복은 집안의 동정을 살피는 기색이었다.

"어떻게 오셨소?" 이들이 마당에 발을 들였을 때, 마침 집에 있었던지 그의 아버지가 방문 밖으로 나서며 물었다.

"김 선생을 좀 뵈러 왔는데, 안에 계시죠?" 검은 양복이 선글라스를 벗으며 말하는 소리가 들렸다.

"우리 김 박사 말이요? 어디서 나오셨는데 그러시오?" 경계하는 눈길로 되묻는 그의 아버지 목소리에서 불안한 떨림이 배어 나왔다.

"잠깐이면 됩니다. 김 선생, 잠깐 좀 나와 보세요." 중년 사내가 금방이라도 방으로 들이칠 듯 자세를 가다듬더니 목소리를 높였다. 그때 부엌과 붙어 있는 그의 방문이 조심스레 열리고 그가 모습을 드러냈다.

"누구십니까?" 그가 잔뜩 긴장한 목소리로 물었다.

"김 선생, 같이 좀 가 주셔야겠는데." 검은 양복이 말했다.

팽팽한 긴장감 속에서 두 사람의 대화가 이어졌다.

"어딜 말입니까?"

"별거 아니고… 김 선생이 해결해 주셔야 할 일이 있어서…"

"제가 뭘요? 전 이제 아무것도 아닙니다. 다 그만두겠습니다. 안 하고 싶어요."

"안 하고 싶으시다. 우리 김 선생, 세상 참 편하게 사시네. 어이, 여기서 이러지 말고 차로 갑시다."

옆에서 기회를 엿보고 있던 중년 사내가 그의 팔을 잡으며 조용하면서도 위협적인 목소리로 말했다. "조용히 가십시다. 소란 피우지 말고."

순간 그의 얼굴에 체념의 빛이 스쳐 갔다.

"이것 좀 놓으시죠. 아버님께 인사는 드려야 할 거 아닙니까?"

사내는 마지못해 팔을 놓아주었다. 나는 그가 다리를 떨고 있다고 느꼈다. 그의 얼굴이 더 하얘진 것 같았다. 그는 잠시 안타까운 눈길로 아버지를 바라보았다. 그러다 땅바닥에 넙죽 엎드려 큰절을 올리는 것이었다. 그의 아버지도 그렇고, 두 사내도 적이 당황한 눈치였다.

"별일 아니니 걱정 마세요. 곧 돌아오겠습니다." 그가 바지에 묻은 먼지를 털어내며 말했다. 닥쳐온 상황을 받아들이기로 결심한 듯 담담한 목소리였다. 그러고는 두 사내가 이끄는 대로 선선히 차에 올랐다.

나는 그때 비로소 그의 진면목을 보았다고 생각한다. 그는 박사 따위가 아니더라도 충분히 대단한 사람이라고 느꼈다. 그가 한사코 밝히기를 거부했던 그 비밀의 근원이 무엇인지 나는 아직 아무것도 아는 바 없다. 하지만 나는 그의 행적에 대한 믿음을 소중한 비밀처럼 마음속에 품어 왔다. 그는 모든 비밀의 심연을 혼자서 감당하기로 결심했던 것이고, 실천으로 나아갔을 거라는 믿음.

두 달 가까이 지났을 무렵, 그가 마을로 돌아왔다. 그러나 그는 이미 이전의 김 박사가 아니었다.

그는 예의 낡은 외투를 사시사철 입고 다녔고, 도무지 이해할 수 없는 말들을 자주 웅얼거렸다. 누가 말을 걸어도 듣는 둥 마는 둥 대답조차 하지 않았고, 다른 사람과 눈길을 마주치는 걸 꺼렸다. 그가 무심한 듯 툭툭 내뱉던 언어의 파편들을 한 번이라도 주의 깊게 들어 뒀다가 그걸로 퍼즐 맞추기라도 해 봤더라면, 지금 내가 궁금해하는 그 비밀의 실마리라도 잡을 수 있었을지 모르겠다.

이상한 점은 그가 방 안에 틀어박혀 책만 읽어댔으며, 책을 읽을 때만큼은 제정신이 돌아온 듯 전과 다름없이 말짱해 보였다는 것이다. 그 때문인지 사람들은 여전히 김 박사에 대한 기대를 접지 못하고 있었다. 언제든 그가 아무 일도 없었다는 듯 자리를 털고 일어나 예전의 김 박사로 돌아가리라고 믿는 사람이 의외로 많았다. 그들은 김 박사가 고향에 머무는 동안만이라도 마을의 발전을 위해 뭔가 보여 주기를 원했다. 회관 강당에서 진행된 마을회의에서 사람들은 그에게 새마을지도자 일을 맡기기로 합의했다. 그의 의사는 묻지도 않고 일방적으로 내려진 결정이었다.

다음 날, 신임 이장과 이임을 앞둔 새마을지도자가 그의 방문을 두드렸다. 그러나 방 안에서는 별 반응이 없었다. "김 박사, 안에 있나?" 이장이 문고리를 당겨 문을 열었을 때 그는 다른 날과 다름없이 앉은뱅이책상 앞에 앉아 책을 보고 있었다. 이장이 몇 번 더 불러 봤지만 대답이 없었고, 방에 들어가 어깨에 손을 얹어도 모른 척 미동조차 하지 않았다. 그런데도 이장은 전날 마을회의에서의 결정 사항을 전해 주고 설득에 나섰다. 순간 구부정하게 굽어 있던 그의 자세가 꼿꼿하게 경직되었다. 그는 숨을 한 번 깊이 들이마셨다가 한숨처럼 길게 내쉬었다. 순식간에 얼굴이 심하게 일그러졌고, 눈동자에선 광포한 빛이 뿜어져 나왔다.

"안 하고 싶습니다." 숨 고르기를 하듯 한동안 눈을 감고 있던 그가 입을 열었다.

"물론 우리 김 박사한테 어울리는 일은 아니지. 허지만 마을을 위해 자네가 좀 나서 주면 안 되겠나."

"안 해요, 안 해!" 그가 벌떡 일어서며 고함치듯 말했다. 그러더니 갑자기 고개를 뒤로 젖히고 미친 듯이 웃어대기 시작했다. 기괴한 웃음소리였다.

그런 수모를 당하고서도 이장은 몇 번 더 그를 찾아가 거듭 부탁했다. 그의 아버지를 내세워 설득해 보기도 했지만, 그의 대답은 한결같았다. "안 하고 싶습니다."

못 하겠다는 게 아니라 **안 하겠다**는 것이었다. 할 수만 있다면 할 수도 있다는 일말의 가능성을 찾아볼 수도 있는 말이었다. 어쨌든 그는 안 하고 싶다는 일을 하지 않으면서 책 읽기에만 몰두했다. 집착에 가까운 책 읽기만이 그를 살아 숨 쉬게 하는 것 같았다. 그런 모습을 보고 사람들은 여전히 김 박사에 대한 믿음의 끈을 부여잡고 놓지 않으려 했다. 그렇게 1년, 2년이 가고 3년의 세월이 흘렀다. 대책 없는 몰입이었고, 기약 없는 희망이었다.

그러는 사이에 그의 집안은 무참한 지경으로 바스러져 갔다. 애써 의연한 태도를 보여 주던 그의 아버지가 술독에 빠져 지내다가 중풍으로 쓰러졌고, 3년여 동안 자리보전하다가 끝내 죽음의 길로 들어서고 말았다. 아마 그의 아버지는 아들이 다시 김 박사 자리에 올라설 가망이 없다는 걸 일찍이 알아차렸던 것 같다.

아버지가 임종하던 날, 그는 짐승처럼 울부짖으며 벽에 머리를 찧어댔다. 곁에 있던 사람들이 말리자, 벌떡 일어나 격분한 난봉꾼으로 돌변하여 집안의 가재도구를 닥치는 대로 때려 부쉈다.


그리고 1년 뒤, 어머니마저 울화병으로 신음하다가 남편의 뒤를 따라갔다. 어머니가 죽었을 때, 그는 이번에는 침착하고 냉정한 얼굴로 묵묵히 장례 현장을 지켰다. 그 뒤로, 인근 도시에서 살고 있던 두 형과 여동생은 아예 고향에 발길을 끊어 버렸고, 그는 홀로 남겨졌다.

사람들 모두 그를 염려했다. 그가 혹시라도 모진 마음을 먹고 자살이라도 결행할까 싶어 이웃 사람들이 교대로 들락거리며 집안 동정을 살폈다. 하루에 한두 번씩 음식물을 방에 넣어주기도 했다.

사람들의 우려와는 달리, 그의 생활은 거의 변함이 없었다. 오히려 전보다 더 평온해진 모습이었다. 그때부터 사람들은 슬슬 그에 대해 두려움을 품기 시작했다. 그러면서 사람들의 발길도 차츰 뜸해졌다. 그런데 그가 갑자기 기이한 일을 벌임으로써 사람들을 경악하게 만들었다.

문득 생각이 났던지 이웃에 사는 아낙이 모처럼 밥과 반찬들을 챙겨 그의 집을 찾았는데, 그가 보이지 않았다. 그가 거처하던 방안이 텅 비어 보였다. 몇 벌 안 되는 옷가지들, 이불과 담요, 앉은뱅이책상과 구석에 층층이 쌓여 있던 책들까지 깡그리 사라진 것이다.

마을에는 그야말로 난리가 났다. 사람들은 동네 구석구석을 뒤지며 그의 행방을 찾아 헤맸다. 그러나 대체 어디로 증발해 버렸는지 아무런 흔적도 발견되지 않았다. 두 사람씩 짝을 지어 그가 숨어들 만한 장소를 쑤석여 봤지만 헛일이었다. 동네 주변 야산들까지 샅샅이 훑은 뒤에야, 사람들은 그가 아무도 몰래 마을 밖으로 나간 것으로 단정 짓고 그만 수색을 멈췄다.

그랬는데 며칠 뒤, 그를 찾았다는 소식이 마을을 또다시 뒤흔들어 놓았다. 사람들은 그가 있다는 곳으로 떼 지어 몰려갔다.

그곳은 그가 새로이 정한 거처였다. 저수지 주변 야산 자락에 뚫려 있는 동굴. 그 어스레한 동굴 속에서 그가 낮게 웅크린 자세로 짐승처럼 앉아 있었다. 그런 곳에서조차 그는 앉은뱅이 자세로 책을 들여다보고 있었다. 비좁고 어두컴컴한 공간에서 어떻게든 글을 읽어 보려고 책을 눈 가까이 바짝 들이댄 채였다.

"김 박사, 여기서 왜 이러고 있어? 가세, 이 사람아." 사람들이 그의 팔을 잡아 일으키며 말했다.

그러나 그는 사람들의 손길을 거세게 뿌리치며 말했다. "안 가고 싶습니다."

"아니, 멀쩡한 집 놔두고 어쩌자고 이런 데 처박혀 있는 거여? 어여 일어나."

"안 갑니다."

결국 사람들은 그를 동굴에 놔둔 채 물러날 수밖에 없었다.

어찌 보면 그는 정신적으로 망가지기 전부터 동굴의 일상을 살았다고 말할 수 있는 사람이다. 그래서인지 동굴 생활자를 고집하는 그의 완강한 태도가 심상치 않아 보였다. 강제로 집에 데려다 둔다고 해서 해결될 일이 아니라는 걸 사람들도 어렴풋이 이해하게 된 것 같았다. 그렇게 해서 그는 암굴의 김 박사, 암굴의 독서가로 살아가게 되었다.

그는 3년 남짓 동굴 생활자로 지내며 생존을 이어 갔다. 마을 사람들 사이에 여전히 김 박사에 대한 관심과 기대가 남아 있었기에 가능했을 터였다. 책을 읽는 일 외에, 생존에 필요한 최소한의 활동조차도 하고 싶어 하지 않는 그에게 사람들은 음식을 제공하고, 때때로 입지 않는 옷이나 양말, 신발 따위의 생활용품까지 동굴 안으로 넣어 주었다. 그가 아무리 비참하게 연명하더라도, 사람들은 그가 살아 있기를 바랐을 거라고 나는 믿는다.

그러나 오래도록 충족되지 못하는 기대와 관심은 무관심을 부르게 마련이다. 시간이 흐를수록 그의 동굴을 찾는 발길이 뜸해졌던 모양이다. 배고픔을 견디지 못한 그가 먹을거리를 구하기 위해 산과 밭을 헤매는 장면이 눈에 띄기 시작했고, 가끔 마을 집으로 들어가 구걸하는 일까지 벌어졌다.

다른 사람도 아니고 김 박사가 그런 짓을 하다니. 나는 믿고 싶지 않았다. 그에 대한 기대를 깨끗이 접어 버린 누군가가 지어낸 말일지도 모른다는 생각도 들었다. 그러던 어느 날, 난감하게도 그의 구걸 행위와 정면으로 마주치고야 말았다.

당시 나는 중학교에 들어가 첫 번째로 맞은 겨울 방학을 무료하게 보내고 있었다.

성탄절을 며칠 앞둔 어느 비 오는 겨울밤, 그날은 어쩌다 나 혼자 집을 지키고 있는 상황이었다. 방바닥에 배를 깔고 누워 여자애들에게 보낼 크리스마스카드 문구들을 궁리하고 있는데, 밖에서 인기척이 울렸다. 나는 바짝 긴장해서 숨을 죽이고 귀를 기울였다. 세찬 빗소리에 섞여 누군가의 목소리가 들려왔다.

"밥 줘, 배고파." 목소리만으로도 누군지 금방 파악되는 사람, 김 박사였다.

지체 없이 일어나 문을 열고 나갔다. 그가 빗속에 우산도 쓰지 않은 채 후들후들 떨며 서 있었다. 비에 젖은 외투는 이제 완전히 누더기가 되어 있었다. 그와 눈길이 마주쳤다. 순간 그를 안으로 들여야 할지 말지 고민되었다. 가만히 그의 눈을 바라보았다. 이상한 기분이 들었다. 그 눈동자가 내게 무언가 말하고 싶어 하는 것 같아서였다. 그는 뭔가 애잔한 감정이 묻어나는 눈길로 가만히 나를 쳐다보고 있었다. 마침내 그가 입을 열었다.

"배고파, 밥 줘." 그가 두 손을 내밀며 말했다. 처참한 몰락이었다. 저런 지경에 놓인 사람에게 우린 대체 어떤 기대를 걸고 있단 말인가. 그는 이제 어린애나 다름없는 사람으로 변해 있었다. 왠지 화가 치밀었다. 배반이라도 당한 기분이었다. 그를 용서할 수 없다는, 터무니없는 결기 같은 게 울컥 솟구쳤다.

"나가!" 나도 모르게 그만 이렇게 외치고 말았다.

"밥 줘." 그는 절박한 눈빛으로 손을 쑥 내밀며 간청했다.

"꺼지라고!"

버럭 튀어나온 호통에 그가 흠칫 놀란 얼굴로 한 걸음 물러났다. 그러더니 조금 전의 눈빛으로 나를 다시 한

번 쳐다보고 나서 천천히 몸을 돌려 나갔다.

그날 왜 그토록 느닷없이 화가 치밀었는지 모를 일이
다. 그가 집 밖으로 사라지고 나서야 불현듯 이런 생각이
스쳐 갔다. 어쩌면 그는 정말 내게 무언가 전하고 싶은 말
이 있었던 게 아닐까? 순간 온몸에 소름이 돋아나는 것
같았다. 그 알 수 없는 눈빛만 잔상처럼 어른거리며, 그 의
미를 해독해 보라고 계속 요구하는 기분이었다. 그에게
간단한 요깃거리라도 챙겨줬어야 했다는 자책과 함께 죄
의식이 꿈틀거리기도 했다.

그리고 그날이 닥쳤다.

성탄 전야, 마을 교회의 청년부 학생들이 집마다 돌며
새벽 찬양을 불렀다. 나 또한 그 팀의 한 사람으로 대열에
합류했다. 100여 가구에 이르는 마을 집을 빠짐없이 순
례한 우리는 마지막으로 그가 사는 동굴의 집으로 갔다.
마을 전체의 기대를 저버리고 동굴 속 동물의 삶을 선택
해 버린 김 박사의 안부가 문득 궁금했다.

우리는 동굴 주변에 늘어서서 얼어붙은 목소리로 암
굴 속 형제님의 축복을 기원했다. 찬양을 마치고 과자와
빵, 사탕 따위가 넘치도록 담긴 바구니를 동굴 안으로 밀

어 넣고, 그가 얼굴을 내밀기를 기다렸다. 그는 누가 구호품이라고 할 만한 것들을 넣어 주면 누군지 꼭 확인하곤 했다. 그런데 어찌 된 일인지 그날은 잠잠했다. 동굴 입구에 쪼그려 앉아 귀를 바짝 들이대 봐도 아무런 기척이 없었다. 우리들 사이에 돌연 불안스런 긴장이 감돌았다. "김 박사님!" 우리 중 한 명이 떨리는 목소리로 그를 불렀고, 그래도 대답이 없자 직접 들어가 확인해 보자고 누군가 용기를 냈다.

우리가 조심조심 안으로 들어가 등불을 그의 얼굴에 비춰 봤을 때, 그는 싸늘한 시체만 남겨 둔 채 저세상으로 건너가 버린 뒤였다. 장래 목사를 꿈꾸던 선배가 "하나님 아버지"를 부르짖었고, 다른 이웃들은 하늘 사다리를 타고 오르는 그가 천국의 빛에 인도받아 가기를 기도하는 심정이었을 것이다.

하지만 나는 아직 그의 죽음이 실감 나지 않았다. 나는 흐릿한 불빛에 흉흉하게 드러나 보이는 동굴 주변을 두리번거리며 혼자만의 상념에 잠겨 있었다.

그날 그 눈빛은 죽음의 그림자가 뿜어낸 혼불의 전조 같은 거였을까? 나는 그가 꽤 오래전부터 서서히 죽어 가는 과정에 있었다는 걸 깨달았다. 수직으로 매끈하게 다듬은 동굴의 한쪽 벽면을 가득 메우고 있었다던 책들이 보이지 않았다. 그는 책들을 다른 용도로 사용했음이 분명했다. 동굴 앞쪽의 움푹 파인 곳에 불을 피운 흔적이 남아 있었고, 바로 위 천장에 그을음이 잔뜩 껴있었다. 필시 추위를 견디기 위한 방편이었겠지만, 그런 식으로 책의 장례를 치르며 자신의 장례를 예비해 왔던 게 아닐까….

상념은 거기까지였다. 갑자기 무릎이 푹 꺾이며 나는 그대로 주저앉고 말았다. 온몸이 후들후들 떨려 왔다. 모르겠다. 그 격렬한 떨림이 바로 앞에서 목도한 죽음의 충격 때문이었는지, 아니면 그가 내게 마지막으로 남긴 눈빛 때문이었는지. 아마도 불시에 가슴을 후벼 오는 자책의 회오리 때문이었을 것이다. 그날은 은혜 충만한 성탄의 밤이었으니까.

사람들은 그의 장례 절차를 마치자마자 동굴 입구에 돌무더기를 쌓아 폐쇄해 버렸다. 이제 동굴은 그의 영원한 집이자 무덤으로 남게 되었다. 사람들은 서서히 그를 잊어 가는 것 같았고, 집단적인 갈망의 불빛도 점차 꺼져 가는 듯 보였다. 그러나 집단의 꿈이란 세대를 이어 가며 무의식의 통로로 유전되는 것 아니던가. 어느새 사람들

마음속에 '동굴의 우상'이 들어서고, 또 다른 '김 박사'가 나오기를 바라는 은밀한 갈망이 사람들의 무의식에 그늘을 드리우게 되지 않았을까.

나 또한 그 무의식의 그물망에서 자유로울 수 없었던 듯하다. 어느 때부터인지 모르게, 그가 걸어 나간 행로와 비슷한 길을 따르고 있다는 사실을 인식하게 된 것이다.

경제적인 이유로 대학을 졸업하고 3년여 동안 직장 생활을 했지만, 나도 다른 박사 학위 수여자들과 별반 다를 바 없는 과정을 거쳐 '김 박사'가 되었다. 전공을 생물학에서 생태학으로 바꿔 석박사 과정을 마쳤고, 어느 유력 정치인과 친분을 유지하고 있던 지도교수의 추천을 받아 정부 출연 연구기관에 안착해 5년째 일해 오고 있다. 대학원 재학 중에 소개팅으로 만난 중학교 영어 교사와 결혼했고, 갓 초등학교에 입학한 아들을 둔 가장이기도 하다.

내가 학위 수여식을 마치고 고향에 내려갔을 때도 잔치가 벌어졌다. 아버지가 마을 어른들을 모셔 놓고 박사 아들을 본 기쁨을 자축하는 자리였다. 그 자리에서 어른들은 이전의 '김 박사'가 이뤄내지 못한 역할을 대신해 줬으면 하는 바람을 은근히 내비쳤다. 글쎄, 그러고 싶은 생각은 추호도 없었고, 내가 그럴 만한 그릇도 못 된다는 것쯤은 나도 알고 있었다. 그럼에도 가끔, 내가 '김 박사'의 좌절된 꿈을 이어 가고 있는 건 아닌가, 하는 불편한 심사에 감겨들 때가 있었다.

돌이켜 보면, 큰 어려움 없이 그런대로 순탄하게 살아왔다고 생각한다. 그러나 지금의 나는 사실 무력감에서 헤어나지 못하고 있다. 내가 해 온 일에 대해 깊은 회의감을 품게 된 것이다.

새로운 연구 프로젝트에 참여하게 되면서부터 갈등 요인이 불거져 나왔다. 솔직히 토로하자면, 이번 프로젝트는 국가 차원의 개발 사업을 대외적으로 홍보하기 위해 급조된 이벤트성 연구였다. 연구팀은 그저 사업의 정당성을 확인해 주는 방향에 따라 맞춤형 결론을 내려 줘야만 하는, 정책홍보팀의 들러리에 불과하다고 말해도 그리 틀린 지적은 아닐 것이다.

문제는 연구가 진행될수록 의도된 결론을 도출하기에는 너무 거리가 먼 결과가 나오고 있다는 점이었다. 정해진 결론을 끌어내기 위해서는 연구 작업보다 더 치밀한 조작을 필요로 했다. 고민하던 나는 보고서 작성을 남겨 두고 있는 상황에 이르러서야 팀장에게 더 이상 못 하겠다는 의지를 밝혔다.

"그만두겠습니다. 더 이상 안 하고 싶어요."

"안 하고 싶다…. 이유는?"

"팀장님도 잘 아시지 않습니까? 그냥, 안 하고 싶을 뿐입니다."

"이봐, 이런 일 하고 싶어 하는 사람이 몇이나 된다고 생각하나?"

팀장의 물음에 허를 찔린 듯 마땅히 할 말이 없었다.

"잔말 말고, 휴가로 돌려 줄 테니 며칠 쉬도록 해."

**안 하겠다**는 것, 팀장의 말에 대답도 하지 않고 자리를 물러나면서 문득 내가 김 박사, 그의 어투를 흉내 내고 있다는 걸 알아차렸다. 그래서였을까. 바로 짐을 챙겨 나온 나는 아내에게조차 행선지를 밝히지 않고, 고향으로 가는 고속 열차에 올랐다.


그리고 나는 지금, 그가 3년 동안 기거했던 동굴 입구에 서 있다. 내가 한때 동경했던 인물이 기거하다 죽어 갔던 공간. 세월의 무게에 주저앉은 듯 입구를 막고 있던 돌무더기 한쪽이 무너져 내려 있었다.

어쩌면, 그래 어쩌면 그를 다시 만나 보게 될지도 모른다. 그가 동굴 어딘가에 새겨 놓았을지도 모를 폭력적인 비밀의 메시지, 비닐로 꼭꼭 싸매 바위틈 깊숙이 숨겨 뒀을지도 모를 회고록 같은 거라도 찾아내고 싶었다. 무엇보다 어서 동굴 속으로 들어가 '김 박사'처럼 은둔하고 싶었다. 그렇다. 나는 윗선에서 강요받은 업무를 피해 당분간 숨어 지낼 수 있는 비밀의 공간이 당장 필요하다.

돌덩이에 긁혀 손등에 피가 맺히는 것도 모른 채 허겁지겁 돌덩이를 들어내기 시작했다. 허리가 뻐근해지고 이마에 땀방울이 맺힐 즈음, 비로소 반달 모양의 구멍이 텅, 하고 열린다. 순간 뒷덜미를 서늘하게 스쳐 가는 괴괴한 기운이 느껴졌다.

선득한 느낌에 흠칫 놀라 고개를 돌렸을 때, 서쪽 하늘에 자리 잡은 반달이 미확인 비행체처럼 희부옇게 떠 있었다. 그때 지진이라도 일어난 것처럼 동굴 입구가 들썩거리면서, 막 플랫폼으로 진입하는 열차의 기적 소리가 환청처럼 들려오기 시작했다.

작가의 말

# 크로스 오버

책에 실린 일곱 편 중 상당한 작품들에서 연극적 요소가
두드러진다.

소설 작업과 극작을 겸하고 있는 탓, 덕분이다.

하나의 극적 상황 안에서 전체 스토리가 완결되는 작품,
모노드라마 또는 2인극 대본에 가까운 소설도 있고, 희
곡, 시나리오 장르와 융합된 소설적 퍼포먼스 같은 작품
도 있다.

「모르모트 인간」은 장막극 대본으로 각색하여 희곡집
『총과 바이올린』(걷는사람, 2019)에 「우리는 지금 어디로
가고 있는가」라는 제목으로 싣기도 했다.

「오늘의 사과는 레드블루」는 《실천문학》(2021년 봄호)에
발표한 소설 형식의 기획 칼럼을 희곡으로 재창작하고,
그 작품을 중편소설로 각색한 미발표작이다.

이처럼 공연 콘텐츠와 소설의 영역을 넘나드는 크로스
오버 방식이 내 창작 리듬과 잘 맞는 것 같다. 앞으로도
계속 같은 방식으로 글쓰기를 지속하며 창작 현장에 머

물 수 있었으면 좋겠다.

이 책을 출간하는 과정에서 걷는사람 김성규 대표의 격려와 도움을 많이 받았다. 뻔해 보이는 손해를 감수하면서 선뜻 출간을 결정하고 여러모로 신경을 기울여 준 출판사와 추천사를 써 준 한지혜 작가에게도 각별한 고마움을 전한다.

2022년 가을
태기수

# 모르모트 인간

**2022년 11월 16일 초판 1쇄 펴냄**

| | |
|---|---|
| **지은이** | 태기수 |
| **펴낸이** | 김성규 |
| **책임편집** | 김안녕 김도현 |
| **디자인** | 신아영 |
| **펴낸곳** | 걷는사람 |
| **주소** | 서울 마포구 월드컵로16길 51 서교자이빌 304호 |
| **전화** | 02 323 2602 |
| **팩스** | 02 323 2603 |
| **등록** | 2016년 11월 18일 제25100-2016-000083호 |

**ISBN**　　979-11-92333-35-9 03810

\* 이 책은 경기도, 경기문화재단의 지원을 받아 발간되었습니다.
\* 이 책 내용의 전부 또는 일부를 재사용하려면 반드시 지은이와 출판사의 동의 를 얻어야 합니다.
\* 잘못된 책은 교환해 드립니다.